U0482603

抒卷
ShuJuan

让有价值的内容被更多人看见

祝贺贾宇天同学首次新书出版，

勇于实践，善于总结，学无止境，精益求精，勇攀高峰。

——陈焕春 教授

爪印与心跳

一名实习宠物医生的生命手记

贾宇天 著

春风文艺出版社
·沈阳·

图书在版编目（CIP）数据

爪印与心跳：一名实习宠物医生的生命手记 / 贾宇天著. -- 沈阳：春风文艺出版社, 2025.7. -- ISBN 978-7-5313-7090-1

Ⅰ. I267.5

中国国家版本馆 CIP 数据核字第 2025EK4244 号

春风文艺出版社出版发行
沈阳市和平区十一纬路25号　邮编：110003
武汉市籍缘印刷厂印刷

责任编辑：周珊伊	责任校对：张华伟
封面设计：王珍珍	幅面尺寸：142mm×210mm
字　　数：130千字	印　　张：7
版　　次：2025年7月第1版	印　　次：2025年7月第1次
书　　号：ISBN 978-7-5313-7090-1	
定　　价：58.00元	

版权专有　　侵权必究　举报电话：024-23284292
如有质量问题，请拨打电话：024-23284384

序

从抗拒到敬畏

我与生命的 30 天对话

父亲与写作的启蒙，实习委托的契机，面对生命的初心与恐惧

为书写序这件事，其实我很早就做过。但硬要说我对此很有经验，其实也不尽然。在我读小学六年级的时候，我父亲的《思想的王国》即将出版，需要一个人为这本书写序。作为一个小学生，本来也没什么人生经历，更别提什么文采，因此当他对我说"你为我的书写一个序吧"时，我是非常抗拒的。因为这是一件强人所难的事，我也不想尝试一件我不可能成功的事。于是我草草写了三百来个字就交给了我父亲，那段文字也被印到了那本书的背面。多年后我才知道他其实早就委托了其他人给他的书写序，意识到找我来写是为了锻炼我的写作功底，感激之情不禁油然而生。

事实上一开始从父亲那里接到"你要不把在兽医院实习的经历写下来吧"这个委托时，我并没有多少反感。虽说如此，但要把这不到三十天的经历全部写下来也是一件不小的事，再加上如果拖拖拉拉的，可能写到毕业也写不完。

而且大三的课程十分紧张,每天都是从早上到晚,因此与其说是没有多少反感,不如说一开始是以一种"摆烂"的心态接下这个委托的——也许我从一开始就不对完成这个委托抱有期望,想着说不定过段时间自己就会忘记这档事。但在我实习之后,越来越多的朋友向我询问他们家里宠物的各种症状以及治疗方案。这种对我的经历的肯定让我逐渐坚定了写下这本书的想法。

我是个喜欢把事情集中在一起干完的人,如果有几件事等待处理,我一般会把一件事彻底解决完后再着手下一件事。看上去这习惯有助于提高效率,但我并不觉得这值得骄傲。举个例子,在期末考试复习周的时候,你不能指望完全复习完一门课程后再去复习下一门课程,因为两门考试相隔就一天(或者一下午),只复习完这一门后立刻去考试的结果是下一门课程只有很短时间去复习。也就是说,这种喜欢把事情集中起来做的习惯某种意义上降低了我的效率。我对王阳明的"知行合一"理论略知一二,意识到自己的缺点后我开始改正自己的这个习惯,因此在晚上回到宿舍后,在睡觉前会写上几笔。时间少,但挤一挤还是有一点的,虽然不多。

虽然意识到了自己的习惯需要改变,但短时间内改变自己还是一件不易的事。尤其是注意到这个小长假还比较空闲，更激起了我集中力量办大事的欲望。这本书的绝大部分内容，都是我在小长假里完成的，其中记录了我在大二暑假于联合动物医院转诊中心实习的点点滴滴，在这里感谢肖晓莉医生、黄源院长、熊亮医生以及其他在我实习时给予我帮助的所有人。正是因为你们的帮助，才有了我的成长和这一段一生中难忘的回忆。

贾宇天

2023 年 10 月

目 录

上卷：初入医院——生命的重量与导航的迷途

0718 老友与咖啡：一场未尽的告别   3
实习前的焦虑，与好友的对话，对未来的迷茫与自我说服

0720 雨中的第一课：新环境的挑战与成长   6
初入医院的狼狈，首次接触犬猫保定的挫败与成长

0721 生死之间：手术室内外的成长   18
目睹手术失败的震撼，B超室的协助与保定技巧的突破

0722 血色纱布与生命温度：伤患猫咪的治愈之路   26
为重伤猫咪咪咪换药，理解医学与情感的平衡

0723 被遗弃的生命：监控录像里的无声呼救   32
瘫痪猫的遗弃事件，晨会自我介绍与静脉采血考核

0726 留置针与翻译软件：实习生成了"CT仪导师"   39
扎针考核的愧疚，意外指导同事操作仪器的尴尬与自豪

0727 安乐的抉择：生命尽头的温柔告别   47
为瘫痪猫实施安乐，倔强"大黄"的洗耳风波

0728 灌肠与污渍：贵宾犬的"生化危机"   54
粪便处理现场，实习生工作服的"勋章"

0729	逃跑的大黄：玻璃门上的警示标语	62
	犬只逃脱引发的全院警戒，纪录片背后的真实与虚构	
0730	咪咪的危机：溃烂的伤口与努力的医生们	69
	坚持换药力挽狂澜，首次独立完成采血操作	
0731	狂犬与困意：双重危机下的成长	76
	被博美咬伤的惊险，月度总结会上的尴尬昏睡	
0801	激光刀下的重生：手术室里的生命礼赞	83
	激光手术观摩，柴犬术后苏醒的欣慰	
0802	粪便采样与耐心考验：从排斥到熟练的跨越	90
	独立完成粪便采样，细血管采血的团队协作	
0803	体检报告与结石迷踪：细节决定成败	97
	填写体检报告的困惑，结石手术的乌龙事件	
后话1	小显身手：实验室里的"三指法"传奇	105
	动物医学实验课上的保定实战，化解小组危机	

下卷：生命课堂——治愈、告别与未完成的答案

0806	尿垫纠纷与除虫迷思：医患沟通的必修课	111
	患宠家属的情绪冲突，除虫药使用的科学解释	
0807	麒麟的轮椅：瘫痪犬的重生之路	119
	脊髓炎犬的康复训练，助理与患宠的双向治愈	
0808	代谢异味与生死边缘：实习中的酸甜苦辣	127
	康复训练的尴尬时刻，暴躁斗牛犬的洗耳博弈	
0809	低血糖危机与流浪救援：生命的韧性与温度	138
	博美犬低血糖抢救，流浪狗来福的新生故事	

II　　　爪印与心跳：一名实习宠物医生的生命手记

0812	钢针入喉与暴躁猫患:急诊室的极限挑战	148
	犬只误吞钢针急救,凶猛猫咪Monkey的清创之战	

0813	金毛的告别与黑豆的挽歌:生命的终点与起点	158
	恶性肿瘤犬的离世,肾衰竭泰迪的临终关怀	

0814	轮椅上的尊严:记录瘫痪犬的一次复诊	164
	麒麟轮椅调整,Monkey的清创与主人的陪伴	

0815	冰箱里的药物与生命责任:细节中的职业素养	174
	快速取药的逆袭,低分子量肝素的确认与反思	

0818	手术室初体验:麻醉监护的生死守护	180
	骨折犬的内固定手术,实习生的责任与成长	

0819	最后的考验:独当一面的实习终章	187
	黑豆的安乐与送别,实习的最后一日	

后话2	山中问诊:黄山上的"弹舌猫"问诊	192
	爬山途中远程指导救猫,兽医的责任感与挑战	

后 记:爪印永存,心跳不息

从实习生到记录者的终极思考   199

上卷
初入医院

生命的重量与导航的迷途

0718
老友与咖啡：一场未尽的告别
实习前的焦虑，与好友的对话，对未来的迷茫与自我说服

天气的晴阴时常可以决定一个人心情的好坏。而武汉的天气主打一个捉摸不透，即使上午是晴空万里，也保不准下午就是阴雨连绵。在晴天准备出门与老朋友见面，到约定地点时却遇到了绵绵细雨，这并不是个令人愉快的事件。

"你不是读五年吗，急什么？"听到我说我即将要去宠物医院实习的时候，万智昱以一种惊疑的语气向我说道。虽然他这么说，但毕竟他的专业是四年制，他自己也正在紧锣密鼓地寻找实习单位。万智昱是我多年的好友，高中时未能在同一学校，但上大学后空余时间多了一些，每年寒暑假的时候我们都会找时间来聚一聚，交流一下上个学期的有意思的事。一般来说就是找家咖啡店，点两杯咖啡后就在那里聊一下午。到店后外面的路人已收起雨伞，窗户上的水痕和店内闷热的空气仍令人烦躁。

"是啊，这么早就要去上班了，我确实多少有点不爽。"我回道。虽说大二暑假出去实习对四年制学生而言是一个增长经验的好策略，但对五年制的学生而言多少显得操之过急。尤其是在实习结束后还要去参加学校组织的社会实践，这个即将预支整个暑假的计划换做谁都会感觉有点血压升高——这个时候我还这么认为。

"那你为什么要去实习呢？""毕竟不能让暑假荒废掉啊。"说是这么说的，其实更大原因在于现在动物医学专业的竞争太激烈了，还是需要一些额外的优势才能在竞争中与其他人拉开差距。聊到这里，我想起几天前邀请几个朋友一起去实习这件事。"路程太远了""暑假不在武汉""有其他安排了"，所有人都委婉地拒绝了邀请。在工作的地方能有一两个熟悉的人自然会让人感到放松，毕竟人际关系不用从头开始建立，遇到困难也更容易请求帮助一些。这次实习没有熟人一起参加，还是让我紧张不少。

"总之我后天就要去实习了，可能这是今年最后一次见面，咖啡我请了。"放下咖啡杯后，我们在商场里找了一家西餐厅就餐。离开商场，晚间的风虽然不大，但也足以引起阵阵寒意。回到家后，并未像往常一样对今天的"信息交流"感到意犹未尽，仔细回忆起来，今天其实并未交流什么东西。我一般不会在周日出去玩,因为第二天开始就是忙碌的周一,如果周日出去玩,玩的时候总会不由自主地想到"啊,明天又要忙了"而不尽兴。这次见面正如上述。繁忙时回忆起当初愉快的时间,多少会让人感到不快,还不如从一开始就不将"狂欢"当作麻醉剂,时刻保持收心的状态——虽然这么做大部分时候换来的也是为即将到来的忙碌的焦躁。

确实,先不说即将消耗掉整个暑假去实习和社会实践,即将面临大三这个就业还是读研的关键节点,多少令人有点负面情绪,这一点我不做否认。刚刚经历完一个忙碌的学期,谁不愿意享受一下为数不多的清闲呢?"我们需要一种平淡的清静。而那宁静亦只能在睡眠里寻找得到。"失眠之余想到这句话,多少有点对我当下处境的讽刺,不禁苦笑一声。

以上这些大倒苦水的言论,反映了当初我对即将到来的实习的焦虑。但事实上,当面临即将到来的困难,很多时候我们都是在杞人忧天。想得太多并不会让你对未来有更多准备,当你苦恼了很长时间,然后发现这些担心之事并未发生,岂不是白担心了?白白地让原本能够愉快的时光溜走,这无疑比苦恼本身更令人沮丧。领悟到这一道理时,心中积攒多时的阴霾终于得以散去,而这些都是后话了。

0720

雨中的第一课：新环境的挑战与成长

初入医院的狼狈，首次接触犬猫保定的挫败与成长

武汉这个城市的气候，尤其是每每进入夏季时，就会变得变幻莫测。无论是气温还是天气，上午和下午都可能呈现完全不同的样子。我有一个来华中农业大学读研究生的朋友，她上午去图书馆时还是阳光明媚，然而不出几个小时就下起了倾盆大雨，不得已让我送伞。此后她每逢出门，包里就会带上一把伞。由于气温的多变性，我的一个家住湖南的大学同学戏称"武汉没有春秋，只有冬夏"。在武汉生活约二十年，虽然我已经习惯了这里的气候，但如果昨天阳光明媚，第二天一早就下起倾盆大雨，仍会让我感到些许不快，尤其是这一天还是我上班的第一天。

虽然嘴上说"不快"，但也并不是对这个行业的偏见，更多的是感到身上的重担。作为一名即将上岗的"准医生"，将要面对的是沉重的生命，这一点，是绝大多数职业所陌生

的。自己任何一个无意中的操作，可能带来的是患宠更大的痛苦甚至死亡。自己能否成功胜任这一职位，想到这个问题，早餐的面包也随之变得索然无味。

草草喝完牛奶后，我背着装有医院人事部事先发给我的工作服的包，举着伞出门了。由于医院方让我在八点半之前到，为了避免麻烦，即使医院离家只有约三十分钟的路程，我仍然决定提前一个小时出发，毕竟第一印象十分重要，我也不想给还未曾见面的同事们留下迟到的印象。由于这是我第一次去动物医院，保险起见，我一边看着导航一边前往医院。

下了地铁后，按照导航我应该从 C 出口出站，但根据地图上的指示，如果我从 B 出口出站可以少穿过一次十字路口。考虑到那条马路可能正在维修，因此我决定跟随导航走，毕竟下雨的天气我可不想出什么岔子。但走到十字路口时才发现这里并没有预想中的维修路段，也就是说，如果我不跟从导航，我就可以少走一段路。这岂不是连导航都在为难我吗？如此一想，再加上大雨，多方面因素综合起来，一种天时地利均不占的挫折感油然而生。

有的时候情绪并不仅是因为自己身边发生了什么大事

才会被改变，日常中的一些小事，例如摔跤或者仅仅只是忘记带充电宝，多种事件叠加起来便会造就一个人一时的心情。而将时间跨度拉长，则会影响到那个人对事物的看法，即世界观。如果仅仅是因为一段时间的不快而影响到自己的人生，未免得不偿失，更何况这些小挫折并未影响到我提前半个小时到达医院这一计划，因此，立刻调整好心态才是上策。如此一想，我收好伞，缓缓推开了医院的玻璃门。

我实习的医院的楼上是一家宾馆。由于进入暑假，再加上近年来武汉旅游业的发展迅猛，即使天上下着瓢泼大雨，离开旅馆的私家车仍络绎不绝，好不热闹。相对地，医院里则只是在深处偶尔会传来一阵阵猫狗的叫声。由于还未到医院的营业时间，医院内灯光寥寥，但这并不代表院内无人。有一位身着浅紫色工作服的医生正趴在大厅内的分诊台上休息，听到有人开门的声音，他立刻站起身来。"你好，我们现在还没有到营业时间，请您先等一下，一会医生就来上班了。"他起身时，我看到了他左胸上别着一块工牌，上面写着"助埋 黄荣骏"。

"你好，我是贾宇天，我从今天开始来这里实习。请问一下熊亮医生在哪里？"熊亮是负责带我熟悉医院内环境和工作程序的医生，在来医院之前我被告知要去找他报道。

"哦,熊助理啊……熊亮!有人找你!"

"好的!我马上来!"院内走廊深处传来一阵浑厚的男音。一分钟后,一位身着深蓝色工作服,身材魁梧的医生从走廊内走出,边走边打了走廊内的灯,医院内一下就变得明亮了起来。"熊医生你好,我是贾宇天,从今天开始来这里实习。""我知道了,工作服带上了吗?""带上了,请问在哪里换衣服?""走廊尽头有一间小仓库,你就在那里换衣服吧。"说着,熊医生把我带到了走廊内。虽然走廊不宽,但有三十米左右的长度。大约走了十五米时,走廊内豁然开朗,形成了一个小休息区,内有一长排沙发。接着往前走,熊医生打开了医院尽头的仓库门。仓库内很狭窄,仅一人通过都需要侧身。在仓库内放着一排储物柜。"一会儿你就在这里换上工作服,我来看看有没有柜子给你用。"经过一番搜寻,并没有空余的柜子供我使用。"那你就先把包放到柜子上面吧。""好的。"待熊医生离开仓库后,我换上蓝绿色的工作服,并将鞋子换成室内鞋后回到了大厅。

"你的头巾呢?"黄助理问道。这时我才注意到,熊医生和黄助理的头上都戴着一小块头巾。头巾的作用是防止医生的头发掉落到手术台上以保护环境卫生。头巾属于我的预料范围外,因为我并未收到要戴头巾来上班的通知。"我没有头巾啊,请问一下哪里有?""我把我的头巾借给你吧。"说罢,黄助理便小跑至仓库,从他的储物柜中取出他的头巾递给我,这解决了我的燃眉之急。直到我实习结束一直用的都是他的头巾。

在接下来的时间里,医院的医生们陆陆续续走进医院。到了八点半的时候,医院院长开始点名。院长名叫黄源,是一位三十岁左右,身材高瘦,戴着无框眼镜的男子。即使戴着眼镜,镜片下也反射出一种智慧的眼神。这种眼神我曾经在我的一位高中同学身上见过,顺带一提,那位同学现在正就读于华中科技大学。

"……也就是说,病历的书写是非常重要的。在写病历时,应该对患宠的外形和生化指标进行细致的观察和分析,这样才能在以后遇到相似病例时更准确地做出诊断。"院长在晨会上对医生和助理说道。根据我所学到的知识,很多病症在前驱期的症状是很相似的,到了症状明显期时,不同病症的症候群间的区别才变得越来越鲜明,但这并不代表所有病症的前驱期症状都是相同的。如果能把握住前驱期症状的差别,那么在后续的诊断中误诊的概率会大大降低。

"我带你先去了解一下医院的布局。"在晨会之后,熊医生就带我参观了各个诊室。初入走廊的右侧是猫诊室和狗诊室，虽说从名字上可以分辨出两个诊室的分工不同，但在特殊情况下也可以接待其他动物，走廊右侧则是猫狗诊室，其隔壁则是B超室。再向走廊内部走，左侧是会议室，其隔壁和对门分别是狗输液区和猫输液区（分别简称为"狗输"和"猫输"）；再向内部走则来到了有一排靠墙壁的沙发的休息区，一般来说这里是患宠家属所能进入的最深处了；再往里走则是中央处置区（简称"中处"），由玻璃门和窗与休息区隔开，通过玻璃窗患宠家属可以看到医生对患宠的全部治疗过程，处置过程的公开透明。在玻璃门后还有外科手术室、狗住院区和猫住院区（简称"狗住"和"猫住"）等未对患宠家属开放的区域。

"总之你就先从这些内容开始准备吧，准备好后来找我考试。"等到熊医生将打印好的资料递给我时，我才意识到不只是学校里需要应对考试，不禁冷汗狂飙。即使这个考试的难度比起学校的专业课来说简单了很多，但考试这件事本身终归是不会令人开心的。我翻开了考核计划表，一共有十二次考试，计划在五天内完成，也就是说平均一天要进行约两次考试。根据计划表，今天上午的考核内容是犬猫的呼名①和保定②,下午则是学习输液监护记录单的填写。说来惭愧,由于自家小区的原因,我至今从未抱过甚至是摸过犬猫。这样一个人去宠物医院实习,在外人看来多少有点幽默。就连我也对自己能否通过这第一关考核产生怀疑。

"请问一下有没有动物可以给我练习一下呼名和保定?"在熊医生察觉到我的难处前,我抢先问道。"练习的话……患宠肯定不能拿来练习……这样吧,我朋友有一只猫寄养在这里,你可以拿它练一下。"说罢,熊医生打开了中处内的一间披着毛毯的笼子。"夏天,出来。"熊医生轻声唤道。从侧边望去,笼内并没有动静。走到笼子正前方,一只白色布偶猫正在笼内打转。熊医生又呼唤了几声,它才慢慢地从笼中走出,投入他的怀抱。"乖。"看见夏天仍旧紧张,熊医生开始用语言安抚并抚摸它的嘴角和脸颊两侧,随后转到头顶顺势抚摸后背。"你试一下。"见夏天放松下来,熊医生将它放在中处的处置台上,示意我将它抱住。由于这是我第一次去抱猫,因此我先按照教程上指导的,轻声呼唤夏天的姓名,同时伸出手背让它熟悉气味。接着顺势转到它的下巴上挠痒痒,夏天逐渐放松下来了。试着抱一下它吧,

---

① 用宠物的名字来唤它,目的是引起宠物的注意,帮助医生或护理人员与其建立信任关系、减少宠物的紧张和恐惧。
② 在医疗过程中,使用一定的方法固定宠物的身体姿势,以便安全地进行检查、注射、采血等操作。

我这样想道，但事与愿违。当我的手臂伸到夏天的腹部时，它突然开始剧烈挣扎，不得已我只能让它回到处置台上。

"你看，夏天刚刚挣扎得很厉害，这种情况如果被患宠家属们发现，他们会觉得你在虐待动物。""那么怎样才能让这些宠物尽快信任我们呢？""首先要让它熟悉你的气味，然后抱住它的动作要轻柔。刚刚夏天还没有完全信任你，你的动作幅度还很大。夏天的脾气比较差，和我建立关系也花了很长时间。所以你需要做的就是熟悉手册上的内容，动作要轻柔一点。这样吧，我去把朱古力带来给你练一下。"说罢，熊医生将夏天放回笼内，向狗住走去。

一分钟后，熊医生抱着一只黑色的泰迪犬走向处置台。"它叫朱古力，脾气还算温和，不惹怒它的话它是不会抵抗的，你试一下。"一般而言，没抱过狗的人突然被要求抱一下狗，多少会有点紧张，毕竟人在潜意识中对"狗是否会咬自己"这一问题存在顾虑。神奇的是，在这个环境下，我竟然出奇地平静。也许是在来医院前就做好了心理准备，当我将朱古力抱入怀中时，它并没有预想中的挣扎，这让我信心大增。"朱古力很配合你，"熊医生对我的动作做出了评价，"但要注意，你这样的抱法会让那些脾气不好的动物感到不安，你没有让它们的身体紧贴你，你这样也抱不紧动物。这样，我示范一下。"说罢，他从我怀中接过朱古力，将右臂从外绕到它的肩胛下并将身体紧贴在朱古力的胸侧部。"这样它就不会挣扎了。还有什么不懂的？"熊医生问道。"我大概明白了，我觉得下午就可以开始考试了。""那你要快一点准备，我因为昨晚上的是夜班，下午两点就下班了。"

虽然我事先就知道早班是上到下午五点半，通班则是到晚上八点，但上完晚班后两点就下班这一信息我并未事先知晓，也就是说我可以用来准备考试的时间缩短了三个半小时，这一突如其来的消息使我措手不及。"十一点半了，先去吃饭吧。"也许是看出了我的紧张，熊医生随即说道。

我所实习的医院并没有食堂，每天的午饭和晚饭都是事先订好并送到医院的。由于医院内要保证干净卫生，饭都是直接送到会议室。如果有医生此时正好没有工作，便可以在会议室内吃饭。当然，如果用餐期间有病号需要处置，医生必须立刻放下碗筷前去处理。当我进入会议室时，一些医生已经在向自己的一次性碗内添饭了。由于有时候中午会有手术，为了防止这些医生做完手术后没有饭吃，我们会先添几碗饭放到会议室桌子角落。今天的菜是水煮肉片、藕片和虎皮青椒。为了尽快完成考核，我将饭添好之后坐在了靠墙壁的椅子上，大腿上放着资料，一边看资料一边吃饭。

如果熊医生在吃完饭后立刻就要去处理患宠，那么可以给我考试的时间就更少了。所幸的是，今天中午的病患并不多。"熊医生，我准备好了。"见到熊医生忙完后，我赶忙去向他示意可以开始考核。事后想想，当医生刚刚忙完就去打扰他，多少显得没有情商，至少也应该让医生休息一会再去找他。"好的，去住院部抱一只猫或狗过来吧。"他虽然略显疲惫，但并未拒绝我的请求。

考试开始了，我将抱出来的狗先放到处置台上。"犬猫呼名时首先应该干什么？""首先应该让它熟悉我的气味。"一边说着，我将手背放到了狗的鼻前。不出所料，狗开始嗅我的手背，见它已经熟悉了我的气味，我试着对它的下巴挠痒痒，并开始抚摸它的前胸和背部。虽然它一开始有些紧张，但随着动作的深入进行，它慢慢地平静了下来。这样一来对它的呼名和安抚就完成了，我这样想道。

"好的，我来说一下问题。"当熊医生说出这句话时，我才意识到，我还是太小看这场考试了。"首先你没有说犬猫呼名的操作目的，操作步骤也没说全。遇到紧张的动物的处置方法也没有回答。以后的考试还是先准备好再来找我。"

说实话，在开始考试前我想到了会存在这样那样的问题，但还没预料到存在这么多问题。我本来以为宠物医院的考核更加侧重于实际操作，因此将学习重点放在了资料上的操作步骤，对于资料上的理论部分未予以重视。举个不恰当的例子，就像是在考试前只复习了考纲上的重点，但在实际的考试中所有的知识点都会予以考察，更何况资料上所写的全部都是重点。一言以蔽之，这里的考核方式和大学里的完全不一样。

我并不是一个轻易认输的人，如果仅仅是因为一次挫折就开始对这个行业心生厌恶的话，未免过于幼稚。"抱歉，我不知道这些也要考，下次考试我会提前准备好的。"我回答道。"好的，以后遇到不懂的事要多问。"教完了输液监护记录单的填写方式后，熊医生对我说道："我要下班了，你可以先在医院内到处看一下，熟悉一下这里的环境，累了的话就去会议室里休息。你走之前和黄荣骏说一下。"我看了看手机，此时的时间已接近下午三点，也就是说，熊医生为了指导我，特意延迟了他的下班时间。除了一点小小的愧疚，心中对医生的感激油然而生。

今天接下来的时间，我将精力花在了准备下一次考试"犬猫保定"上。资料内容比犬猫呼名几乎多出一倍，即使只是背诵上面的内容就花费了我不少精力。时间很快来到五点半，打完招呼后离开医院，相较早上的倾盆大雨，现在的天空已经少许放晴。呼吸着雨后的空气，疲惫感略微消散。实习之路才刚刚开始，明天也得继续努力。我暗暗发誓。

0721
生死之间：手术室内外的成长

目睹手术失败的震撼，B超室的协助与保定技巧的突破

在大学里，如果早上八点有课，我一般会在七点十分到二十分之间起床，但这并不代表了我习惯早起。由于宿舍内采光较差，能透过窗户直射入宿舍的光线少之又少，因此我平时都是开着闹钟以防迟到。闹钟就像是个炸弹的引爆器，被闹钟叫醒后，"被炸"的大脑总会感到一阵疲惫。但回到家后，早上的光线直射入房间，照在脸上，犹如被轻声唤名，我很快自然醒过来了。

昨天上班回到家后，身体涌上一阵疲劳感，这种感觉一般只有在考试周忙碌的复习中才会出现，即使睡了一觉也不会有多少好转。但神奇的是，被阳光照醒后，疲劳的感觉顿时消失了。这就是被闹钟吵醒和被阳光照醒的区别。

复刻昨天的行动，吃完早饭后前去地铁站，唯一不同的

是这次没有举伞。到站之后,吸取了昨天的教训,直接从 B 出口出站。果不其然,从这个出口出站只用过一次马路就可以到达医院。不过相对地,由于前两天的降水再加上地面的坑洼,路上有不少积水。尽管小心谨慎地蹚过去,凉鞋内仍然进了一点水。即使医生都会在上班前换上室内鞋,但下次出门还是得换个鞋子了,我暗自计划道。但直到实习结束,即使遇到雨天,我都没有穿过除凉鞋外的鞋子。

轻车熟路地推开医院大门,门内和昨天一样安静,看样子我是除了晚班医生以外最早来到医院的人。"你到得好早啊。"今天的值班医生见到我时,略带惊讶地说道。"还是想尽快适应这里的环境啊。"我回答道。这是其中一方面原因,另一方面是不想迟到然后被批评,能回避的风险尽量还是回避了好。事实上我从小学到高中除了遇到非常严重的堵车以外从未迟到过,这也是拜早起所赐,不过也因如此,时常会有睡眠不足的情况。今天则没有这种疲劳的感觉,顿时心情畅快不少。不过一会儿就不畅快了。

从走廊一边走一边开灯,走到中处时发现内部走廊的灯是亮着的,手术室内传出心电监护仪的声音和医生的说话声,从手术室门缝内可看到一位穿 T 恤衫的女子正站在手术台旁。从常识看,家属不被允许进入手术台,这就说明正在抢救的动物已经进入生死存亡的关头。由于我站在手术台前也不会对里面起到作用，进去也只会由于能力不足而添乱，因此怀着对手术中的动物的祈祷，我换上了工作服。

到了开晨会的时间，药房的吕苏柯医生开始点名。点到"熊亮"时，另一位医生回答道："熊亮在手术室。"我一开始没反应过来：熊医生昨天不是三点下班了吗？随后才意识到，即使是在下班后，如果有危重患者需要做手术，医生也会被紧急召唤到医院。人医如此，兽医亦同，看来我以前还是太小看这个职业了。

开完晨会后，医生们都去各自的岗位上工作了。这时我才意识到，我还不知道自己要干什么。就像在高考前夕看到同学们有条不紊地复习，而我还不知道从何处开始一样的危机感陡然而生。当然，什么都不做也不失为一种选择，但我还是不想白白浪费时间。"请问一下，我现在应该做什么？我昨天刚来，还不清楚工作的流程。"我向吕医生问道。"那你去找带你的医生啊。""熊医生现在在手术室，我不好进去打扰他们。""啊，这样啊……那你就去看看中处那里缺什么器材吧，那边针管消耗得很快。"

回到中处后看向处置台上的收纳架，一眼望去，2mL

针管只有约五个了。想起来昨天熊医生在介绍医院布局时说过，如果医疗器械有缺失，可以去中处的柜子里找库存的器械。几分钟后，我在一个写有"针管"标签的柜子内，成功找到了2mL针管。在找寻针管的途中，我也记下了诸如弹力绷带、棉球、纸胶带等器械的存放位置，由于看到还有其他器械不够了，顺便也把那些器械补充好了。

正在我满意地补充完器械，擦拭桌子时，手术室的门打开了，熊医生从里面快步走出，而心电监护仪的嘀嘀声也不知何时停下了。十几秒后，他拿着一个空纸箱回到手术室。一股不好的预感涌上心头。印证这一预感的，是手术室内随之传出的一阵阵啜泣声。看来不好的预感已成为现实。即使是宠物医院也会时常经历生离死别，不过没想到会来得如此之快。又过了约五分钟，其他医生陆陆续续从手术室内出来，最后出来的是熊医生和那位女士。她正抱着怀里的纸箱泣不成声。待他们离开中处后，这里又回归一片安静。

送走那位女士和她可怜的宠物后，熊医生一脸憔悴地回到了中处，随后前去窗边眺望。虽然很想知道那"孩子"的病因，但立刻去问他这个问题无疑是伤口撒盐。半个小时后，见熊医生回到中处，我问道："请问一下刚刚发生了什么？""什么发生了什么？""就是刚刚在手术室里……""那是肺水肿引发的心衰，你有空可以去了解一下。"即使是在刚刚抢救失败的情况下，依旧不忘教导实习生，这让我感到一种沉重的责任感，随之而来的是尊敬。

即使上午经历了一场大手术，医生们仍各司其职，未曾放松。见熊医生正在忙碌，也不好去找他考核，我便在医院走廊内四处寻找可以帮忙的地方。虽说经验不足，但我仍想尽力去帮助医生们。"你叫什么来着……就是那个新来的！来B超室帮忙扶个狗！"正在我如此思考时，身后的呼喊将我拖回现实。随着声音的方向望去，是涂医生在叫我。"来了来了！"赶到B超室后，映入眼帘的是一只正侧卧在检查台上的博美，它的家属和一位正在安抚它的医生。"来帮忙扶一下它的后肢，家属请在外等候一下。"B超室内很狭小，过道仅能容纳一人通过，待家属走出室内，涂医生走到仪器前，另一位医生示意我抓稳博美的后肢。回想起昨天晚上回去学习的三指法，我将它的两条后肢分别置于右手食指和中指、中指和无名指之间，随后握住拳头，它的后肢便牢牢固定住了。正当我松了一口气时，它的腿开始激烈挣扎。"你太用力了，稍微放松一点。"涂医生建议道，待博美情绪稳定后，对它的腹部进行剃毛，再在探头上抹上水凝胶，将其放到待检部位。但在探头接触到它的一刹，它又突然开始挣扎起来了。见我一脸慌张，涂医生解释道："没事的，皮肤刚接触到凝胶是会感到有点凉,毕竟是水嘛,过一下就好了。"

正如她所言,随着B超检查的进行,博美逐渐放松下来。五分钟后,检查结束了。"把腹部擦干净还给它的家长,虽然不管这些凝胶也会干,但不能让博美着凉。"涂医生指示道。考虑到宠物主人对宠物如家人一般的深厚感情,我们将患宠家属称为"家长",以加深宠物主人对医生的信任。将博美还给它的家长后我才后知后觉地意识到,之所以让我保定后肢,是出于对我的保护。由于我是新人,一旦无意中做出刺激到动物的举动,距离动物嘴部较近的胳膊很有可能会被咬伤。事后想想,还是会在空调冷气十足的医院内汗流浃背。

午饭过后,医院内迎来了短暂的安宁。虽然医院没有午休,但考虑到武汉三伏天的气温,很多患宠家属会选择在下午天气转凉时将宠物带来。见中处无患宠,我从狗住处将朱古力抱出来,准备练习一下保定。此时熊医生正在吃午饭,为了保证安全,我让正在药房轮班的吕医生帮我看看我的动作。朱古力很配合我的动作,但正要进行臂头静脉保定时,它开始挣扎起来。"你要将身子轻压在动物身上,两臂夹住它的身体,这样动物就没有后退的空间了。"吕医生见我面露难色,在一旁指导道,"而且在实际操作中不能照本宣科,仅仅是了解考纲上的操作是不够的,要根据实际情况来进行操作。"

又过了约半小时,我总结出一套规律。一般来说,面对大型犬时,人会本能地远离它。但在对动物进行保定的时候,医生不仅不能远离它,还要将身体大面积地与它接触,为了防止动物头部乱动,还要将手臂从动物脖子下绕一圈,使它的脖子和头侧部紧贴医生。乍一看这个动作很危险,因为很可能被动物咬,实则恰恰相反,这样做不仅完全限制住了动物的头部活动,而且由于身体大面积与动物接触,医生的体温还会让动物感到温暖,在一定程度上起到安抚作用。也就是说,保定时胆子越小,宠物越会乱动;温柔地抱住它,它也会温柔地回应你。

但考试可不能光靠实践就行了,"犬猫保定"这一章节理论部分还有非常多的内容要记。仿佛回到了高中时在墙边背诵古诗词的那一个下午。最后还是拖到了晚上七点才找熊医生考核。"嗯……大部分没什么问题,但有一些要注意的内容。在对宠物保定前一定不能忘记呼名,而且在呼名时不能害羞,很多人羞于表达,不过我看你在这点上做得还好。"听到如此评价,心中自然松口气。此时院内除了我没人知道,到昨天为止我还从未近距离接触过犬猫。虽然难以启齿，但巨大的进步仍让我在心中独自雀跃。

打完招呼下班出门时，不同于院内的清凉，一股夏日的热风吹过，使我心情舒畅不少。也许我真的能胜任这一职业，我心中暗想。

0722
血色纱布与生命温度：伤患猫咪的治愈之路
为重伤猫咪咪咪换药，理解医学与情感的平衡

即使是盛夏，清晨的气温一般也不会很高，武汉也是如此，不过只是相对的。当手机收到气象局发来的高温预警时，我就知道接下来几天都要穿凉鞋去医院了。好在车厢内空调冷气充足，能有幸在十分钟的车程内享受夏日特有的清凉空调。但欢乐总是短暂的，从凉爽的地下回到地上，更大的温差令人更加令人大汗淋漓。

出站后，耳机里开始按顺序播放"White Album"和"Powder Snow"这两首极具冬日氛围的歌曲。虽说比起热情的摇滚，在夏天听这两首歌在直觉上多少显得有点不合时宜，不过它们温柔的旋律，多少能在酷暑中带来一丝清凉，某种意义上也算因时制宜了。

来到医院后，像往常一样打开灯。今早院内没有手术，

因此中处和手术室内没有灯光,但在仓库旁的休息室的毛玻璃门后和往常不一样,亮起了灯光。休息室是供晚班医生休息的场所,如果在夜班没有上门的急诊,医生就会在里面休息。走到仓库前时,休息室的门打开了,熊医生穿着工作服从中走出。"早上好。"我赶忙说道。即使在这种情况下完全可以不向他打招呼,但冷场,或者说无视总归会令人不快。"早上好,你来得好早啊。"熊医生回答道。这已经是第二个人这样说了。早点起床以防迟到这件事本身没有问题,但如果到了没事做也不过是在平白无故浪费时间,这点引起我的反思。"还是想早点来适应一下院内环境啊。"虽然回答如此,但也并非完全是谎言。在我高三时每每遇到月考,都会提前一小时到考场复习并适应环境。将实习看作"考试"这种令人紧张之事,也为下午发生的事件埋下了伏笔。

今天的考核项目是粪便、皮肤采样、眼耳鼻口采样。"你先看一下考纲上的资料,一会儿有患宠做这些项目的时候我叫你。"周六往往是一周里顾客数量最多的一天,不到九点半,患宠家属就已经在大厅内开始排队了。据熊医生说,我所在的这个院区常年缺人。虽说很想帮医生们,但我目前还没有把操作全部学会,过去胡乱帮忙也是帮倒忙。不过保定一下动物我还是能做的。一般来说,患宠都是在中处接受检查,于是我选择站在中处的一个角落里背书,这样一来既可以安心准备考核,当有患宠需要保定而且确认的时候我还可以过去搭把手。这样做看上去挺偷懒的,事后想想也的确如此,但我当时也没想到有什么更好的方法。

"有没有助理过来帮忙保定一下动物?"正当我背书渐入佳境时,刘医生来到中处。"有的,有什么我可以帮的吗?""帮我把咪咪从猫住抱过来,它要换纱布了。"一时间信息量过大:咪咪是谁?换纱布又是怎么回事?正要问这些问题时,医生又说道:"哦对了,你是新来的。那把倪助理也叫过来帮忙吧,她就在猫住。"来到猫住后,看到有一位助理正在喂猫。"请问是倪助理吗?""我是,怎么了?""请问一下咪咪在哪里?""是要换纱布吧,咪咪在右边最上面的笼子里,小心一点别被抓伤了,顺便告诉刘医生我一会过来。"打开笼子后,一只橘黄条纹的猫正在笼子角落瑟瑟发抖,仔细一看,它的左前肢缠绕着厚厚的纱布。"咪咪,乖。"回忆着呼名方法,我将手背给它闻,以和它建立信任。待它放松下来后,我张开双臂缓缓将其抱出。

把它带到中处,待倪助理过来后,我和她分别保定好咪咪的后肢和前肢。当刘医生缓缓拆开纱布后,一股浓烈的药味和臭味袭来。"哎。"刘医生轻叹一声。"它的这条腿什么时候才好啊。"仔细一看,咪咪的左前肢的桡骨已经外露,骨头上还有固定用的钛合金板和铆钉，肌肉处还有少量脓液，在外人看来，此情此景，多少有些惨不忍睹。根据我在学校目前学到的知识，这种程度的伤就算恢复了也会有严重的后遗症，能将它的痛苦减至最轻的治疗方案是截肢。"伤成这样为什么不直接截肢呢？"我问道。"它的家长不想截肢，而且黄院长说还想再尝试救一下，"刘医生一边用活力碘清洗伤口，一边答道，"而且啊，它流的脓液是淡黄色的，这说明它的伤正在恢复。虽然速度很慢，但伤势还是在往好的方向发展。"有的时候，看似最优的选择不一定是最能被人接受的。即使是微小的可能，也要去试一下，如果完全靠合理性去指导行动，就显得过于残酷且不近人情了。我这才猛然意识到。

"好了，把它抱回去吧。"在伤口处涂好药膏，换上新绷带后，刘医生将咪咪抱给我。虽然在冲洗伤口时，咪咪时不时发出哀嚎，随着处置的进行，它逐渐放松下来。回到笼子后，咪咪开始在笼内缓步走动，随后即刻趴下开始睡觉。见到它放松的样子，我不由得松了一口气。希望它的伤势能早日恢复。

在周六，即使是中午，也会有络绎不绝的顾客来到医院。好不容易忙到了下午两点，医院内终于稍微清闲了一点。此时我刚刚背完理论知识,趁这个机会去找熊医生考核也许是个不错的选择,于是我找到熊医生,向他说明我已经准备好了。"准备好了的话,先去把材料准备一下,然后去猫住那边抱只猫过来。"

从犬猫肛门处采样看上去会不可避免地接触到粪便,听上去就很脏,但事实并非如此。在进行采样工作时,我们首先会取一针管的生理盐水,将针头换成一次性直肠给药管,并在给药管前端抹上液体石蜡加以润滑,随后将给药管送入直肠,推入针管中的生理盐水,再将液体抽出即得到样本。

"嗯……基本上没有问题了。"考完后,熊医生这样评价道。"正好有只猫需要拍片子,来X光室帮我扶一下它。"给动物拍摄X光片和人不同,由于动物在无人看管的情况下会乱动,因此需要有人去保定它,而且为了让拍到的片足够清晰,需要有两个人将患宠的身体拉直。而且决定拍片时机的人不是在X光室外操作电脑的医生,而是负责保定的医生。确定好相机的位置后,医生会踩下脚边的踏板以启动相机,因此负责保定的医生要穿上防护服。

"我感觉你太紧张了。"拍完片后,正在检查X光片的熊医生冷不丁来了这一句。"感觉你对待我们都太客气了,没有关系的，如果有什么问题都可以来问我们。"其实我也意识到了这个问题。来到一个新环境后，感到紧张无可厚非，毕竟需要适应新的工作内容，再加上这个职业本身的重大责任，也会让人时刻处在一个紧张的环境中。要解决这个问题，根本方法是加强自身的经验积累。而"冰冻三尺，非一日之寒"，积累经验需要一个持久的过程。

即使知道这些大道理，但真正需要使用这些道理的时候，又有几个人能做到呢？看样子，我离王阳明的"知行合一"境界还差得远啊。

0723
被遗弃的生命：监控录像里的无声呼救
瘫痪猫的遗弃事件，晨会自我介绍与静脉采血考核

从小学到初中，每逢周五，即使课业繁重也没重到哪里去，周末也会感到愉悦，原因不言而喻；而到了高一，每周六上午会有考试，高三则只有周日下午放假，虽然短暂，但也能给予片刻安宁。一想到明后天放假，上班路上的步伐也变得快了一些。

考虑到去早了没事情干，相较前三天，今天出门的时间比平时晚了一刻钟。来到医院后发现走廊里的灯全部都被打开了，自从来到了医院，每天早上的灯都是我开的，在我来之前还没见过灯全被打开了的情况——这么想多少显得有些自大。不过，既然今天比平时晚到了一刻钟，有人先到然后打开灯也不是什么值得在意的事。正当我准备前往仓库换衣服时，瞥见监控室内有几位夜班医生正在看监控录像。俗话说"无事不登三宝殿"，除非遇到特殊事件，不会有人

没事去调取监控录像。难道医院昨晚发生了什么严重的事件吗？"发生什么事了？"怀着疑问，我问向其中一位正在看监控的医生。

"早上有一只猫被遗弃在医院门口，我们在调取监控看看是怎么回事。"虽然来医院前就设想过医院内会收养被遗弃的宠物，不过听医生的语气，他们并不希望这类事情发生。更准确点来说，医院并不会收养被遗弃的动物。"这里又不是收容所，干吗总是把动物放在这里啊？"另一位医生不满道，看样子这类事情已经不是第一次发生了。出于好奇，我也凑过去开始看监控。

画面显示，在凌晨三点，天还没亮的时候，门口还没有任何东西；到了四点，天空泛鱼肚白时，也只是有几辆车从门口经过；而到了六点，画面中一位男子怀抱一个纸箱，从一辆面包车中走出并来到门口，见四下无人，将纸箱放到了玻璃门前，随后乘车离开监控画面；到了八点，一位晚班医生从门后将门锁打开，随后看到了这个纸箱。由于纸箱没有封口，箱中的猫从中探出头来，于是医生将这只猫连同纸箱带到了医院内。

"那这只猫现在在哪里啊？""在中处那里，它好像瘫痪了，也不知道有没有打疫苗，真可怜。"换完衣服回到中处，看到处置台上有一个纸箱，向内看去，里面有一只瘦成皮包骨的橘黄条纹的猫。它下半身无力地趴着，前肢想撑地却无力支撑起体重，正低声哀嚎。

我很同情它的遭遇，不过也没有办法帮助它。从它的精神状况、病况和也许是它的主人的态度，基本可以判断它的主人并不想治愈它，或者说是出于生计而抛弃了它。从这个主人的角度上看，他也许并不知道可以把弃养宠物送到收容所——或者说找不到收容所，从而期望医生们能够帮到这只可怜的小家伙。做出这个推断的理由是他完全可以不将这只猫送到医院门口，但他还是送过来了，也许在他的心中，仍留有对这只小家伙的温存吧。

随后到了晨会的时间，点完名，强调了一下书写病历的相关事项后，黄院长并未立刻宣布散会。"我想大家都知道了，这两天院里来了一位新人。是叫……贾宇天，对吧，趁这个机会来做个自我介绍吧。"入职第四天才做自我介绍，这多少有点难以评价。不过我也从来没有提出过"想自我介绍"这件事，毕竟这件事如果第一天没去做的话，等到和大家熟络起来后再去做，就会显得很尴尬。

我不是一个腼腆的人，但性格也不至于是"社牛"①。事实上我在实习前就已经做了一点自我介绍的准备。相比同龄人，我比较擅长即兴演讲。在我高二的时候，在某一直播平台进行过一次关于高中生如何自学的直播，有近十五万人次观看。但直播时面对的是一块屏幕，并没有那种"在很多人面前演讲"的实感。真正面对着与普遍比我年龄更大的同事们进行发言，自己还是会捏一把汗的。

"大家好，我是贾宇天，现在正就读于华中农业大学动物医学专业本科，下学期读大三。这个暑假来联合动物医院转诊院区实习。在工作上有许多不了解的地方，还请大家多多指教。"就像这样简短地来了一段自我介绍。事后想想，这句"请多多指教"听上去有种像日本人的感觉，改成"请大家多多包涵"是不是就好点了？斟酌词句的时间很短，这就是即兴演讲的缺点。不过医院里的大家似乎并未注意到这点，依旧给予了我热烈的掌声。

今天的考核是静脉采血，对此我一开始是非常自信的。在学校里每每轮到静脉采血的环节，我都能迅速地将静脉血采出。一般来说如果血液需求量不大，我们都是从兔子的耳缘静脉采血，虽然耳缘静脉很细，但用酒精棉擦拭之后血管

---
① 网络流行用语，形容社交方面不胆怯、不怕生。

就变得非常明显了。如果是用头皮针采血，那难度就更低了。不过这次不是从耳缘静脉采血，而是从臂头静脉。

"你先把采血用的器材准备好吧，我去将朱古力抱过来。"熊医生这样说道。在实际工作中，如果等到患宠来到中处再去准备器材的话，就会浪费不少时间，所以如果不是紧急情况，医生们会在患宠需要采血前通过处置单来通知中处的助理去准备采血工具。记忆采血所需工具的方法很简单，只需记清楚采血的各个步骤分别需要用到哪些工具即可。

待我准备好采血工具，熊医生将朱古力保定好，并将它的右前肢伸向我。根据考纲，我现在应该找准采血部位，并用酒精棉球将那个部位的毛分开以找到前臂头静脉。这时我面临着一个难题：我找不到它的臂头静脉！虽然前肢的毛分开了，能够看到朱古力的皮肤，但我怎么看都没看出静脉的位置。静脉处由于血液流动会使得那一部分的皮肤颜色与周围不同，但即便我找了几个位置，都没有发现那块与众不同的地方。

"血管是有弹性的。"见我汗流浃背，熊医生提醒道。这一句话如同醍醐灌顶，于是我开始用手指轻触朱古力的前臂。虽然差别细微，但确实有一段地方的触感较其他的部位更加具有弹性，于是我小心地将针头插入那个部位。出乎意料地，那个部位并未出现回血，这就说明针头的前端并未插入血管，这一状况让我心头一惊。

但随后我突然想到，有的时候没有出现回血并不是针头没插入血管，而是针头已经将血管扎穿了。一开始学习给兔子进行耳缘静脉采血时，面对明明已经扎入血管的针头却没采到血液的情况，老师便向我们解释了这一现象。而应对这一情况的解决办法则是将针头稍微向外抽出一点。小心地将针头抽出，能够看见确实有少许血液流入针管，顿时心安了下来。

考试结束了。"等一下！"正当我准备将朱古力抱回笼子时，熊医生叫住了我，"我们医院有个不成文的规定，在给动物进行完侵入性操作后要买点小零食来犒劳一下它。买个几块钱的小零食就行。"我也正想着该怎么报答这位小家伙，因此我欣然接受了熊医生提出的这个方案。选好一些适合小狗吃的零食后，我来到医院前台结账。"刚刚是给狗狗采血了吧。"见到有实习生来买宠物零食，前台的医生立刻心领神会。"是啊，我也想稍微犒劳一下朱古力。""正式员工可以享有一些折扣，我用我的账号帮你打个折吧。"见到此等好意，我本来想拒绝，但盛情难却，这次还是欣然答应比较好。"非常感谢！"我回答道。

　　回到狗住，打开朱古力的笼子，将它的餐盘拿出并装入零食。见到它大快朵颐的样子，我意识到，如果能够给动物们带来欢乐，那么我迄今为止积累的一切努力就没有白费。常怀对生命的敬畏之心，我也许还能做得更好。下次来到医院，我将面临最后一项考试，同时也是最难的一项考试。但相较在学校里的结业考试，我更相信这次的考试能够圆满完成。虽说事后证明，我还有很大的进步空间。

0726
留置针与翻译软件：实习生成了"CT仪导师"
扎针考核的愧疚，意外指导同事操作仪器的尴尬与自豪

"啊？你去兽医院实习去了？"黄俊一边嚼着烤好的蘑菇一边问道。黄俊是我的高中同学，在毕业后，他进入了一所医科大学，虽说他学的是人医，我学的是兽医，但两者很多地方是相通的，因此和我有很多共同话题。由于都在武汉读大学，因此偶尔会像这样找个烧烤店聊聊天。"我也在找实习，主要是这个学期有篇论文要写。话说你在兽医院那里干得怎么样？辛苦吗？"

"也还行吧，不过人多的时候就不一定了。明天回去医院还有一门考核。""你也不容易啊。"欢乐的时间总是短暂的，在地铁口分别后，回到家继续对明天的考核进行复习。这次的考核是"留置针的使用"。说来惭愧，由于目前为止在学校的实验不需要对动物进行输液操作，因此直到来到医院实习，我才第一次接触留置针。在人医方面，有时为

了减少患者在扎针时的痛苦，医生会推荐患者使用留置针，这样就不需要多次将针头插入患者的皮肉了；而在兽医方面，考虑到患宠在注射点滴时会在笼子里不安地走动导致针头脱落，为了减少因脱落而导致的重新扎针对患宠带来的痛苦，使用留置针是在给动物打点滴前的必备操作。

话说回来，今早一进医院就不太平。"我家布丁昨天还没事，怎么早上一过来就不行了？"一位中年男性操着一口武汉话，在输液区对着夜班医生大声嚷嚷。很明显，这是医疗纠纷。到了八点半开始点名了，而负责晚班的刘医生还在输液区与那位患宠家属沟通。在这种情况下，为了防止患宠家属与医生产生肢体冲突，应该会有多名医生或助理在一旁协助医生处理这一问题——以上都是我的猜想。不过仔细观察了一下，熊医生并不在点名队列中，而刚刚在换衣服时我瞥见他匆匆往输液区赶去，也算是印证了这一猜想。

待点完名，院长再次强调完病历书写的问题后，我前去中处补充处置台上缺少的医疗器械。途经输液区时，即使隔着帘子，依旧能听到争吵的声音和被他们所惊扰的犬猫的不安叫声。虽然很好奇里面发生了什么，但现在进去无异于添乱，而且站在这里也有偷懒之嫌，此刻还是按计划去补充器械为上策，待纠纷解决后再去向医生打听也不迟。

过了约五分钟,争吵的声音停止了。又过了两分钟,熊医生从狗输液区的帘子后走出。"熊医生,刚刚发生什么事了?""没事,就是家属看到他的宠物术后状态不好,着急了一点而已,现在患宠已经好一点了。"见到医生游刃有余的样子,看来像这种患宠家属来找麻烦的情况并不少见。这时我突然想起一个一直困惑着我的问题。"我想问一下,如果遇到了手术失败的情况会对家属有补偿吗?"

"不会的。"抢在熊医生回答之前,黄助理从一旁的猫输液区走来回答道。"在手术前我们都会像人医那样,让患宠家属签署手术协议,以防止事后家属来找麻烦。而且,一旦给了补偿,以后就停不下来了。"对于这句话的后半句,我的理解是,就像游乐园一旦开展了一次"免票入场"这一活动,以后顾客就不会接受付费入场了。相同的道理,虽然这么说对客人很失礼,但医生们还是会在保证医院自身的权益不被侵害的条件下尽可能消除患宠的病痛,保证"家长"们的利益。

由于今天是周三,是一周中顾客最少的日子。因此我决定趁热打铁,尽快将考核完成。"熊医生,我想现在开始进行扎留置针的考核可以吗?""好啊,那先准备好器材,再抱一只动物过来吧。"见此刻医院内并没有需要处置的动物，他欣然接受了我的提案。

完整无缺地准备好器材是有窍门的，那就是一边回忆操作步骤，一边思考这一步骤需要用到什么器械。虽然这个窍门看上去简单，但它的基础是完全记清楚操作步骤的所有小细节，尤其是处置的开始和结尾是最容易被忽视的。例如在对动物进行侵入性操作时，需要准备一个酒精棉球和一个干棉球，酒精棉球是在扎针前用来给动物体表消毒的，而干棉球是在将针头拔出时及时给动物止血的。这两个步骤分别位于侵入性操作的第一步和最后一步，由于我在记忆扎针步骤的时候总将记忆的重点放在如何准确将针扎入而忽略了之后的止血操作，不少次被熊医生批评。

来到狗住院区，本来想找一只没有生病的狗，但找来找去，还是只有朱古力满足这一条件。"你又把朱古力抱出来了啊。"见到我怀里抱着的狗，熊医生轻微吐槽道。"住院区只有它没有生病嘛，而且我也挺喜欢它的。"虽说喜欢朱古力，但却总是拿它扎针这点在熊医生眼中看上去还是挺微妙的，事后得好好犒劳一下朱古力才行。

留置针和普通的针头不同，在钢针的外层包有一层软管。如果成功将针头扎入血管,那么可以在钢针和软管之间的空隙里看到回血现象,这时就可以将软管层推入,并将钢针拔出来,听上去是很简单的操作。经过之前的练习,我已经能够很快地找到血管并将针插入血管了。见到回血,我松了一口气,不过接下来才是重头戏。

按照考纲上的指导,下一步是轻轻将外层的软管推进血管内并将钢针拔出。软管上有两个针柄以方便医生操作,可我怎么也没办法将软管推进去。无奈之下,我只得将软管连同钢针一起稍稍向外拔出一点以寻找其他角度入管。尝试之后仍然不行,此时我有点着急了,于是再次将钢针向外拔。突然入针处出现一个小小的出血点,不到一秒,这个出血点上的血液就向外扩散成了一个直径约五毫米的出血块。这一现象一方面说明我刚刚确实将针成功插进血管;而另一方面,则说明我已经将软管连同钢针一起从血管中完全拔出来了。这次"扎留置针"的操作失败了。

见到出现一大块出血点,第一反应是尽快止血。将针头放到托盘后,我立刻将干棉球按压在出血点上。"我说过了,准备好了再来考核啊。你这相当于白给朱古力扎了一针,一会可要给它买点小零食啊。"在我止血时,熊医生这样责怪道。止好血后,当我用双氧水擦去朱古力臂上残留的血污时，熊医生则去一旁的收纳架上拿了一个大针管。不一会儿，一个奇特的装置被送到我手上。那是一个装满活力碘的针管，其针头被替换成了一段同样灌有活力碘的输液管，输液管被绷直固定在针管外壁上。

"这是我做的一个小装置，你就用它来练习一下扎针吧。"随后熊医生就去诊室帮其他医生去了。有了这样一个小装置，我顿时信心大增。"纸上得来终觉浅，绝知此事要躬行"，医疗工作中最重要的是熟练度，虽然与实际的动物不同，但有了这个练习装置，多少还是能够增加一些熟练度的，或许也可以找到刚刚未将软管推进去的原因。经过一番练习，我总算发觉了推不动软管的原因：一开始扎针的入针角度太大了，就算推动软管也会被血管下壁给挡住。总结好经验后再次进行考试，虽说因为手心出汗差点没握住针柄，但有惊无险，这次总算成功了。

"那么所有考核就此结束了，不过如果你要对动物进行侵入性操作，一定要有医生在旁边看着，以防出现意外。"考核结束后，听到输液区传出输液泵输液完成的提示音，熊医生前去查看。眼见时下无事可干，但也不想闲着，就寻思着去各个诊室看看是否有我能够帮上忙的地方。路过X光室时，看到有三四位医生正在里面讨论着什么，出于好奇，我便进去看了看。

来到X光室，只见一位实习生坐在操控CT仪的电脑前，似乎正在操作着仪器。不过此时并没有动物需要做CT。顺便一提，在医院里，实习生会穿着蓝绿色的工作服，医生或者高级助理会穿着深蓝色工作服，而前台工作人员则是穿着浅紫色工作服。为了防止动物在做CT或核磁共振时乱动，在做检查前会对其进行麻醉处理。呼吸肌麻痹会造成呼吸停止，这时需要用氧气瓶给动物输氧，同时为了控制麻醉深度，要有一位医生在一旁监视着。

"这个单词是什么意思啊？"那位实习生指着"knee"问道，看样子他正在学习如何使用这个机器。虽说医院里用来保存X光照片的电脑所用的系统使用的语言是中文，但CT仪的操作系统却是英文。一般来说，使用这个机器只需要将动物放置在仪器上，根据电脑提示按下对应的按钮，然后等待电脑给出结果就行，并不需要使用者完全掌握屏幕上的每一个单词。但无论从医院的规则还是医生们的自尊上来说，大家都不会希望这台仪器上有自己不熟悉的单词。

依稀记得这个单词的意思是"膝盖"，也就是说使用这个模式，CT仪就会专门去扫描膝盖骨。不过我也不是完全确定这个单词的意思是否如我所想，如果随便乱教导别人怕不是日后会闹出大笑话。像这种仅仅只有四个字母的单词的意思往往是最难猜测的，如果这个单词是如同"greenhouse"这种由数个单词组合在一起的合成词倒是能根据经验猜测一下意思。没办法，我只好偷偷拿出手机，打开翻译软件去翻译这个单词。

"这个单词的意思，是'膝盖'吧。"从手机软件里得到证实后，我向那位实习生说道。他所不知道的是，在一分钟前我还对这个单词的意思半信半疑。"啊，真的啊，谢谢你！"查阅了放在屏幕一旁的指导手册，看到这个单词的含义后，他转过头来谢谢我。虽说明明一旁就有指导手册可以查阅但还是向他人询问这一点看上去挺微妙的，不过明明也是个半吊子还被他人感谢这一点确实让我感到了一丝许久未感觉到的害羞之情。

顺带一提，待大家都离开 X 光室后，我用手机将手册内容都拍了下来，回到家后一个个查阅上面的生词含义。

0727
安乐的抉择：生命尽头的温柔告别
为瘫痪猫实施安乐，倔强"大黄"的洗耳风波

经过一晚上的暴雨，地面上的积水在日光的照射下和泥土一起散发出"雨水"的气味。从小生活在河边，我一向对这种"清香"感到亲切，唯一可惜的是，由于路面积水，不好穿上运动鞋出门，只好依旧穿着那双黑色的凉鞋前去医院。来到医院换上室内鞋，比起前几天的不舒适，脚已经逐渐熟悉这双鞋的形状，而我本人也同样逐渐熟悉医院的工作了——起码这个时候我是这样想的。

相较一开始每天都很早来到医院，我现在已经能够精准提前十分钟换好衣服等待晨会开始了。强调完院内的纪律后，医生们开始进行开门前的准备，而我一开始也没有打算闲着，再次去中处查看了一下医疗器械的储备量。不出意料，由于昨天的顾客很少，今天并没有多少器械需要补充，这下可以稍微休息一下了，于是我来到输液区

上卷：初入医院——生命的重量与导航的迷途

看了看昨晚住院的动物（医院住院区的动物很多，已经将笼子的位置全部占满了，因此病情不算严重但需要输一晚上液的犬猫将会被安置在输液区的笼子里）。

猫喜欢阴暗的环境，因此猫输液区的灯一般是不打开的。不仅如此，如果猫的情绪仍然激动，那么我们还会在笼子上盖一层毛毯以创造更加阴暗的环境。早晨的阳光在窗外树荫的遮挡下并不炫目，因此即使没有毛毯覆盖，也仅有一只橘猫睡眼惺忪地发出如同早起宣言般的喵声。给它盖好毯子后，看着笼内的小猫安然睡着的样子，感觉内心都被治愈了。

"你在这里做什么？"这时身后传过来熊医生的声音。"我刚刚把器材补充了一下，顺便过来看一下猫。""好的，那过一会把地给拖一下。"这时我才意识到，一直以来我都在犯一个非常蠢的错误：众所周知，医院是一个非常讲究卫生的地方，而宠物医院内，由于会经常面临动物掉毛这一问题，对地面的卫生更是要求严格。为何我没有早一点注意到打扫地面这一问题？这么一说，每天早上前去中处补充器材，路过走廊的时候，总会看到地板上洒过消毒水，补充完器材后这些水渍就消失了，只留下拖把拖过的痕迹。虽然排班表上没有让我去拖地的安排，不过拖个地还是在能力范围内的。医院地面上看上去很干净,没有污渍或其他垃圾,不过当我从大厅拖到猫输液区的走廊时,拖把前端已经积累了大量的动物毛发,难怪医院规定每天早上上班前和晚班下班后都要进行一次打扫。

到了大约上午十点,这时早上的大部分工作已经结束了。医院内迎来了短暂的清闲。输液区也只有一两位患宠家属来看望自家的小家伙。见到目前无事可做,于是我来到中处,看看有没有什么我能帮上忙的。不来不要紧,一来就看到了大事。黄助理和倪助理正在给一只小猫的静脉注射一种乳白色的液体(丙泊酚,一种宠物外科手术时常用的麻醉剂,大剂量可用于安乐)。定睛一看,那只猫就是23号早晨被主人遗弃在医院门口的下身瘫痪的猫。由于还有很多动物住在住院区,不能因为一位无主的猫而让更多顾客的爱宠遭受痛苦。虽然我们也很爱它,但经过艰难的抉择,我们决定让它结束痛苦。随着液体的推注,那只猫的前肢很快便瘫软下来,随后它闭上了眼睛,接着又注射了大剂量的氯化钾。"都结束了吗?"见到小猫安然趴下,我向黄助理问道。"嗯,结束了,它没有感到痛苦。"即使我没有说主语,黄助理也心领神会。"可以去仓库那里帮忙拿一个纸箱吗?一会儿会有人把它送走。""好的。"

在学校里做完动物实验后，最后一步操作通常是亲手结束实验动物的生命，无论是谁做这件事，内心或多或少都会感到难过。由于实验课的麻药不多，我们一般都会选择从兔子的耳缘静脉注入约10mL空气来对其进行安乐。想到这里，我突然对发明麻醉剂的人感到一丝敬佩。在手术时，麻醉剂能减少动物的皮肉之苦；而当医生们尽力却未能力挽狂澜时，麻醉剂也能让它安然离去，这也算是一种对生命的敬畏。

到了下午，医院内的顾客开始增加。虽然不至于到让顾客排队的地步，但还是有些许忙碌。尤其是在输液区，许多动物需要打吊针，同时有数个输液泵传出排空的警报时，则是医生助理们最繁忙的时刻。难得有一点空闲时间，正当我准备稍微坐一下时，熊医生抱着一只斗牛犬来到中处，而它的主人也径直走进中处的玻璃门后。一般而言，医生们是不会让患宠家属进入玻璃门内的，不过也有例外。当患宠感到惊恐不安时，如果强行保定会使患宠剧烈挣扎，为了安抚它，保证医生的安全，医生会让家属在患宠在接受处置时在一旁安抚它。看了一眼处置单，这只叫"大黄"的斗牛犬似乎得了耳道感染，需要定期来医院对耳道进行消毒。此时中处内只有我和熊医生两名工作人员，看样子处置大黄这一任务落在了我们头上。

"乖，没事的。"大黄的主人是一位操着武汉口音的中年壮汉，即使如此，当爱犬在毛毯上恐惧地瑟瑟发抖时，他也会表现出与年龄和外表不相符的柔情。大黄逐渐安静下来，正当熊医生准备对它进行保定时，仅仅是抱住它，还没开始进行洗耳，它又开始用力挣扎。即使熊医生有充足的保定经验，面对这样一头倔强的斗牛犬，也需要用上伊丽莎白圈才能保证自身的安全。注意到这一状况，我从一旁的架子上取下一个伊丽莎白圈，正当我准备往它的脖子上套时，它的主人发话了："不要用头圈啊，大黄会不舒服的。""它现在挣扎得很厉害，不用头圈不行啊。""那我在旁边看着，它就不会挣扎了。"当熊医生松开大黄后，它的主人立即凑到它身边，轻抚它的下巴。待大黄再次放松下来后，熊医生再次上前保定，不过这一次，大黄挣扎得更加剧烈了。

"你先看一下它。"熊医生放下大黄对我嘱咐道，没做更多的解释便快步打开玻璃门，离开了中处。虽说我并不害怕这只斗牛犬，不过头一次看到熊医生这样感到不耐烦的态度，还是令我捏了一把汗。等待着熊医生回来的时间，我回忆着保定的方法，将手背放到它的鼻前让它熟悉我的气味。一开始大黄有些抗拒，不过半分钟后它便安静下来。此时熊医生回来了，刘医生紧随其后。"就是它吗？"刘医生简短地问道。得到肯定答复后，刘医生娴熟地将大黄抱住，随后在熊医生的帮助下，大黄终于安静了下来。两个人才能将它保定好，给这位倔强的斗牛犬洗耳的重任自然落到我的肩上。

给动物做耳部清洁的操作可能与许多人想象中的不一样。由于动物在耳道进水后会用力甩头将水甩出，洗耳时无须将棉球塞进耳道内，而是固定好动物头部后，将洗耳水倒入其耳道内，随后揉捏其耳道根部，再松开手让它将水甩出，最后再用棉球擦拭其甩出的污垢。捏住大黄的耳朵，使它的头部扭转到使耳道朝上前的位置，大黄都还算配合，不过当我把洗耳水倒入它的耳朵时，即使只有几滴进入了耳道，大黄也立刻开始用力甩头。由于一时手滑，它的耳朵也从我手指间滑开。我有着几次给院内动物洗耳的经验，不过给外来的动物，甚至还是在动物主人面前进行处置还是第一次。我更加用力捏住它的耳朵，这一次大黄仍有剧烈甩头的动作，不过它的耳朵并没有再次脱手。轻捏耳朵根部后，随着大黄的甩头，耳垢被大量甩出。清理完两只耳后，终于可以松开这只倔强的斗牛犬了，这个小家伙真是耗费了我们不少精力。

"这就处理完了吧？"待我将大黄抱到它主人怀里时，它的主人这样问道。"是的，这就处理完了。"我回答道。"这里是可以寄存一下动物的对吧。"大黄主人突然的一个问题搞得我措手不及,不过熊医生很快就帮我解了围:"可以的,不过要办一些手续。""那就好,我这几天要去出差,大黄每天又要洗耳,只好把它寄放在这里了。"随后大黄主人就牵着大黄,和熊医生去前台办手续去了。看来还得和这只倔强的小家伙周旋好几天啊,望着他们两人的背影,我这样吐槽道。

0728
灌肠与污渍：贵宾犬的"生化危机"
粪便处理现场，实习生工作服的"勋章"

一般而言，宠物主人都是将宠物视为自己家的一分子，有的主人更是将它们视作自己的孩子，因此我们医生在面对患宠家属，尤其是患宠的年龄很小时，常常在家属的面前，将他们称为"家长"。在家长眼中，自家的"孩子"常常是一尘不染，十分讲究卫生的。一些家长也愿意时常给他们的"孩子"进行美容，让原本就可爱的宠物们更加萌。即使自家的"孩子"可能因为刚在沙坑内玩耍过而身上带有些许沙粒，但若仍被他人评价"你家的孩子有点脏"，对宠物主人而言也同样是一件难以接受的事。不过对于医生来说，即使有时候宠物会在处置过程中变得非常"脏"，考虑到宠物主人就在玻璃门后看着，表达出这一不礼貌的想法也是不被允许的。

事先提醒，这一章的内容不适合准备下饭的人观看。如果执意观看……也不是不行。

今天一大早就不太平。虽然一般来说下雨天的顾客都比较少，但早上刚开完晨会就有顾客立即来医院这种事也并不少见。玻璃门后，一位年轻女子举着雨伞走进医院，肩上背着一个透明的宠物包。女子在挂号时，她包内的棕色贵宾犬正瑟瑟发抖，看上去很痛苦。

"我家小孩已经有好几天没有大便了。"根据患宠家属的主诉，黄院长触诊了一下它的腹部，经过初步诊断，这只贵宾犬的问题应该是大肠内积累了大量的粪便未排出，也就是常说的"便秘"。为了保险起见，将会对它进行一次X光检查。一见到有活可干，这可不能闲着，因此我便过去帮忙拍片。从拍好的片子里能看到，在它的直肠处有一大块阴影。虽然没学过影像学，但跟着医生看过了好几个片子，我还是能判断出这只狗的直肠处确实积累了大量粪便。

面对这种危急的病情，医生首先需要做的处置是将动物从危险状态中摆脱出来，也就是俗话说的"治标"。动物便秘的原因，除开肠道活动的力量不足，另一原因是粪便的含水量过少。短时间内想加强肠道的蠕动力度不够现实，这时候应该软化它的粪便。通过之前在学校学到的少量知识，我做出了如上判断。两分钟过后，熊医生拿着处置单，抱着那只贵宾犬走进了中处，我紧随其后。通过处置单上的所需药物来推测，我的判断是对的。

"去准备100mL生理盐水。"熊医生对我吩咐道。跑到药房里找到了一袋没有开封的点滴用生理盐水拿到中处后，我顺势将小家伙抱了起来。"没问题吧？它一会会挣扎得很厉害的。"熊医生这样问道。"没问题，我抱得还是挺紧的。"自信于之前的练习，我这样回答，随后左腋将小家伙的身体夹住，两手控制好它的四肢，就像这样把它牢牢固定住了。

灌肠的方法很简单。将一个10mL注射器的针头换成一次性直肠给药管，再将注射器内的生理盐水通过直肠给药管注射入肛门即可。刚刚打入第一管时，这只贵宾犬并没有预想中的挣扎或不适，甚至连叫都没叫，它仍在我腋下一动不动，非常配合我们的处置。熊医生开始按摩它的腹部以帮助它排出粪便。经过约半分钟的按摩后，仍未见其排便，于是熊医生又抽了一管生理盐水再次注入其直肠。由于它的直肠内确实累积了大量粪便，只注入一次生理盐水确实不会对病情有多大改善，不过多注入几管子应该会软化它的粪便，看着熊医生的操作，我是这样想的。当接着又连续注入三管生理盐水后仍然只有很少量的粪便排出时，我和熊医生才逐渐体会到汗流浃背的感觉。而我也担心突然排出的粪便是否会给我个措手不及，于是身体不自觉地后仰，做出想远离这一"是非之地"的样子。

"奇怪了……不应该排出来这么少啊……"总共注入五管盐水仍不见症状好转后，熊医生嘟囔道。见生理盐水的量不多了，他又让另一个助理再去拿一袋生理盐水。而这次为了效率，注入方式也不用注射器了，而是换用打点滴用的输液管。于是不久后，中央处理区出现了一个十分滑稽的场面：一个人腋下抱着贵宾犬，但身子却向后仰，仿佛害怕突然排出的粪便会弄脏自己的衣服；第二个人手持输液管，将管道不时抽出贵宾犬的直肠，并按摩它的腹部，见没有效果后再次将管道插回去；第三人则用早已酸痛的手臂高举生理盐水袋，时不时根据手持输液管的医生的指示将生理盐水挤入管中。

不记得注入了多少盐水后，我怀中的贵宾犬终于开始有了动静。首先是四肢开始用力，随后开始用力挣扎起来，这就说明直肠内的粪便已经得到了充分软化，它已经开始有明显便意了。而我也没有像以前那样松手，仍牢固地保定着它的四肢和身体。将输液管拔出后，熊医生再次重复他已经做过数次的动作，按摩起它的腹部。不出所料，这一次那个小家伙排出了很多粪便。随着处置的进行，小家伙的状态越来越放松。虽然又往直肠内灌了两次盐水，不过这两次的量都不多，很快它直肠内的粪便就被排空得十有八九。

见小家伙已经恢复正常，熊医生擦去它身上的水和污垢，将其抱给了它的主人。而我则和那位助理开始打扫起被我们弄得一片狼藉的水池。水池旁有一个花洒，因此直接用它冲刷掉水池里的污垢是我们常用的方法。不过这次有大量粪便漂浮在水池内，直接让它们流入下水道很可能会堵塞管道，这里还是不要偷懒，把它们捞起来吧。戴好乳胶手套后，我先用花洒将污垢集中起来，随后将它们用手捞起后立刻丢入垃圾桶中。

"……你不嫌脏吗？"看到我如此行动，一旁的同事问道。怎么可能不嫌脏啊！我可是一直都很小心地在调节花洒的水压，以免溅起来的污物搞脏我的衣服啊。要不是要清理它们，我已经一刻都不想再戴着这副手套了。"毕竟这种事总需要有人干吧……"不想露骨地表现心中的感受，我这样委婉地说道。同事立刻"肃然起敬"，说："那我帮你去洗一下抹布。"

好不容易送走了最后一批污垢，看着被我冲洗后擦得锃亮的水池，总算有一种"告一段落"的感觉了。有一句话说得好：旅人在旅行时最危险的路是即将踏入家门的最后一段路。不过对我来说，更"恐怖"的感觉，莫过于自己早已中招却浑然不知，还在为"平安到家"而松一口气，突然发觉到自己已然中招带来的强烈反差感。脱下一次性橡胶手套后，即使手上并没有污渍，但手上夹杂着橡胶气味的汗臭仍会让人心神不宁。来到洗手池总算洗净双手后，我满意地看着镜中自己的干净模样……本应是这样的。

在我向右转身即将离开洗手池的一刻，余光瞥见了原本不应该出现在蓝绿色工作服左侧上的一块咖啡色污渍。我早上并没有喝咖啡，因此显而易见，那只贵宾犬在我未曾注意的时刻，给了我这一份我并不想获得的"大礼"。出乎意料地，我并没有感到有多么恶心——说是这样说的，但还是立刻脱下工作服，稍微搓了几下后便将其放入洗手池旁用来给员工洗工作服和毛毯的洗衣机内。幸好此时洗手池旁没人，而我穿的工作服下还有一件干净的T恤，否则便"样衰"了。

时间到了下午，照理来说，下午四点之后整个医院就会变得十分繁忙，但今天非常反常，一整个下午都没有什么病例。输液区的宠物们一只一只被它们的家长接走，转眼间输液区就已经清闲到连折叠笼都可以收起来的程度了。

生活中感到烦躁的时候，我会开始清理房间，可是闲到没事去做清洁还是第一次。检查了一下酒精棉球和碘伏棉球的储备，再擦了擦处置台后，实在是没事干了。万般无奈之下，我开始在医院的各个区域转，看看有没有什么可以干的事。

来到住院部，打开门后，一股夹杂了众多动物汗液和唾液的臭味扑面而来，即使戴着口罩，这股令人窒息的气味也让人作呕。令人难过的是这甚至是通风扇已经开启了的情况下的气味。不过就算是在这种环境下，也有人在兢兢业业地工作。"大黄别动！在给你洗耳呢！"在一个打开的小笼子前，季助理正坐在地上，手上拿着洗耳液正和大黄进行着激烈的"搏斗"。想起大黄之前的表现，想让它乖乖配合处置难度可想而知，看这"战况"，一个人想要短时间完成处置并不是件容易的事啊。"有什么我可以帮忙的吗？"为了顾及季助理的情绪，我尽可能用委婉的语气表达"我可以来帮忙"这一意愿。"啊，来得正好，帮我保定一下大黄。"正当我走进住院部时，大黄突然从季助理的脚边跑开，直冲门外。被这突然的情景吓到，眼见它即将冲出门外，我总算反应过来，立刻捡起拴在它脖子上的牵绳，及时止住它的暴走。"进门出门都要记得把门带上啊。"见到我狼狈的样子，季助理提醒道。

抱着大黄看了看它的耳朵，很难想象仅仅经过一个晚上，它的耳内就再次积累了大量分泌物，难怪它的主人说要每天对它进行一次洗耳。自信于昨天的成功，简单进行完呼名操作后，我便直接"上手"了。见它在我怀中侧着头一动不动，季助理也放下心来，便将手中的洗耳液向它耳中倒入。可我还是低估了大黄的"倔劲"，仅仅只是滴入了两滴洗耳液，它便开始用力挣扎。光想着不能让它继续挣扎下去，我的手指开始发力，却没注意到它的牙已经距离我仅有几毫米的距离。当注意到它的牙即将碰到左手时，我才后知后觉地感受到危险的到来。本能地将左手向后甩开，它的牙颈部正好碰到了我的食指，瞬间就感受到了它黏稠的唾液。但凡再接近一毫米，今天我怕不是要带着流血的手指去打狂犬疫苗了。

季助理并没有发现我刚刚的窘态，只是当成简单的小插曲，就把这件事略过去了。有句话叫"当局者迷"，虽说事故发生的时候没什么实感，但事后想想，还是非常后怕的。待处置结束后，为了以防万一，我赶紧去中处拿了点刚刚补充的酒精棉和碘伏棉球进行消毒，这在某种意义上，算不算是"伏笔回收"？

0729

逃跑的大黄：玻璃门上的警示标语

犬只逃脱引发的全院警戒，纪录片背后的真实与虚构

在互联网上有一种流传已久的说法，就是"一个离谱的规定背后，总有一个更离谱的故事"。就拿"中学生禁止带米粉入校"这一规定为例，在这条规定背后，很可能是校长曾被快要迟到的学生的米粉汤溅了一身。光阴荏苒，白驹过隙，"离谱的规定背后，总有一个更离谱的故事"这种说法在现在看来，大概率就是一个网文作者写的一个令人忍俊不禁的段子。但是当段子融入工作，即使不是什么很离谱的规定，可能就不是"忍俊不禁"，而是让人"哭笑不得"了。

经过一晚上的大雨，天空依旧是阴云密布。即使气温并不算高，潮湿的空气也足以让人大汗淋漓了。来到医院后观察了一下大厅中的猫房，比起以前，猫咪们今天的精神更加沉郁。不止如此，在以前，输液区即使宠物再少，早上也会有一两只犬猫在叫唤，而今天输液区则是一片寂静。

看样子，天气对宠物的精神状态还是有很大的影响的。这时我还没想到，并不是所有宠物都会被这恼人的气候影响到它原本就高涨的情绪，尤其是斗牛犬。

开完早会后，我一如既往地去检查器械和拖地。可能是由于天气原因，今早开完会后并没有顾客来到医院，由于昨天并没有多少动物，打扫的速度比之前快了很多。正当我拖到中处玻璃门后的住院部门前时，事故发生了。只见我的脚边突然窜过去一个黄色的、胖胖的身影，它的脖子上还拴着狗绳。在它身后，季助理正从住院部一路小跑，一边喊着"大黄！别跑！"一边追赶着它。事后我才知道，每天早上住院部的轮班助理都会带里面的动物出门去"放风"，在出门前，助理会把要带出去的动物用绳子拴在住院部的外侧门把手上，很显然，由于助理今天在拴绳子的时候没有拴紧，才导致大黄"夺门而逃"。

由于事情发生得太快，在我还没反应过来的时候，大黄就已经即将跑到中处的玻璃门了。本来玻璃门在正常情况下是关闭着的，但非常巧合的是，就在它离玻璃门还有两米左右的时候，一位药房医生准备进入药房却没注意到门内的情况，将玻璃门推开了。大黄则找准机会，从医生脚边窜了出去。当我和药房医生回过神来，大黄已经在走廊失去了踪影。我也跟着季助理一同从玻璃门后向大门冲去追逐大黄。"快去关门！"季助理一边跑，一边向大门处的医生喊道。

最担心的事情还是发生了。面对突如其来的指令，大门旁的医生根本没有反应过来。因此大黄冲出走廊后，径直从大门处冲出了医院，季助理也随之冲了出去，但跑了几步也没有发现它的踪迹，随后慢慢停止了脚步。在医院内透过玻璃窗看到此景，想着不能让损失进一步扩大，于是我前去院长所在的猫诊室向他汇报这一情况，这样院长就好组织人手去寻找大黄了。

进入诊室后，黄院长友善地向我打了招呼。随着我的汇报，他脸上的笑容逐渐消失。"那你为什么不去抓它啊？"虽然我只是个目击者，但同时也是一名员工，受到这样的指责也早已在预料之中。向院长解释清楚后，院长立刻组织医院内的高级助理们在医院附近的区域寻找大黄，甚至动用了电动车。

好在此时院内没有顾客，而且早高峰已经过去，路上的车辆少了很多，十分钟后，大黄就在离医院一百米左右的一块草地上被找到了。这是一次严重的事故，当它回到医院后，院长就立刻组织全院的医生开了一次有关此事的会议。

我是实习生，并没有参与这次会议。会议结束，本以为此事就这样过去了，但五分钟后，一位高级助理就拿着一张纸贴在了中处的玻璃门上。凑过去看了看，纸上赫然打印着"请随手关门"五个大字。这个"笑话"可不好笑。

医生不会全员一起吃午饭，但在这个不算很忙的中午，直到我吃完饭熊医生也没有出现在会议室也算是个反常的情况。出于好奇，吃完饭将一次性碗筷丢掉后，我来到大厅一探究竟。只见熊医生怀中正抱着一只黑色的泰迪坐在沙发上，正在用针管给它喂处方粮。一位穿着华丽的老妇人坐在熊医生的身旁，似乎正在交谈着什么。"我家黑豆回到家里什么也不吃，遇到外人也总是乱叫，到这里就不会叫了，它很喜欢这里啊。"老妇人发出感叹。"它在家里不吃东西的话，可以买个像这样的一次性针管，把罐头加水做成糊来用针管喂给它。"熊医生一边向黑豆口里喂粮，一边对老妇人讲述注意事项。喂完粮后，见黑豆很喜欢这里，老妇人也就在这里多待了一会，让黑豆陪我们这些医生或助理玩。我蹲下来，它似乎对我很感兴趣，用小爪子在我的裤腿上蹭来蹭去。见状我也来了兴致，轻轻呼喊它的名字，并将手背放到它的鼻前。出乎意料地，它闻了几下后，就开始舔起我的手背来。从未见到如此喜欢我的小狗，我也就陪着它又玩了一会，连自己的腿部早已麻痹也不自知。

今天虽然是周六,但一整天都没有什么顾客来到医院。要说发生了什么其他值得一提的事,那也是在例行给咪咪换纱布和消毒的时候,由于消毒带来的疼痛过于剧烈,我的工作服再次被它的尿弄脏了。不过相比昨天,已经算是"干净又卫生"了。

把衣服放到洗衣机内,启动后再等待一个半小时衣服就会洗好并顺带烘干。这是非常方便的机能,唯一的缺点就是花费的时间太长了。医院有规定,医生必须身着工作服上岗,因此在等待的时间里,我在中处前大厅的沙发上坐着休息。大厅处有一个医院内常见的,用来叫号的显示屏,不过我从来没见到它启动过。一开始我以为这个屏幕坏掉了,可事实并非如此,不用它的原因是这个屏幕非常耗电,而院内的工作量也很少多到要用叫号器,当医院管理层注意到了这点后,就停止使用它了。但这并不代表这个屏幕从此就不会用了。在四月份的时候,有一家自媒体公司在这家医院内拍摄了一部名为《宠物医生》的小型纪录片。好像就是在今晚七点半,这个纪录片正式上线流媒体。虽说医院内的人员流动率很高,但参与拍摄的医生中,仍有很多人留在院内,自然也想第一时间看看自己在片中的精彩表现。见此时无顾客,医生们便将这个屏幕开启,并将纪录片投屏在屏幕上,就连黄院长来到大厅,和我们兴致勃勃地观看起来。

纪录片中讲述的,是一只在家中突然昏迷的金毛,通过医生们的不懈努力成功抢救回来的故事。故事开始,医生们在夜色下携带着医疗器械,乘坐出租车来到患宠家属楼下。在进行完急救措施后,家属随同医生将它送到了医院。在进行完 CT 检查后,发现它的病情需要做开颅手术。"这个手术难度很大,成功的概率只有一半。要接这个病例吗?"术前会议上,拿着头骨模型的院长这样说道,镜头分别给了其他医生特写,大家都是一脸严肃样,看这样子这个手术并不容易啊……是这样吗?

"快看院长的表情,他已经绷不住了。"屏幕前的一位助理指着屏幕大笑道。屏幕里的黄院长此时的表情,嘴唇就算紧绷也止不住地颤抖,就像是听到一个很好笑的笑话却要顾及面子而强忍着不笑的样子,总感觉下一秒他就要笑出声了。"这就是'被迫营业'嘛。"黄院长无奈道。虽然这么说有种马后炮的感觉,但当他们拿出只会在学校里看到的头骨模型时,我就已经隐约觉得有点不太对劲了。随着剧情推进,屏幕前的医生们的嘴角开始不自觉上扬,当术前会议上医生们开始争论"是否要接这个病例"时,大厅里传出一阵快活的笑声。即使再看不懂的人也应该意识到了:其实这个病例很简单吧！只是剪辑师在后期把片子剪成这样，让这个病例看上去很危险。是这样的吧！在经过一阵"艰难"的抉择后，医院终于决定接下这个病例。随后来到了手术画面，经过马赛克处理后的镜头在某种意义上比原片更加恐怖，穿插着对医生的采访镜头，渲染出来手术室内紧张的氛围。最终，这部片子在手术成功后的金毛安然入睡的画面中迎来了尾声。

"不够真实。"在纪录片播完、大屏幕的电源关闭后，黄院长评价道。想想也是，面对这种紧急病例，医生们不会空闲到专门拿出一个头骨模型去开术前会议。这段画面应该是手术告一段落后节目组补拍的画面，而且加入一定的杜撰。想到这里，就衍生出来一个新的问题：以现实为题材的影片，是应该更注重现实要素，还是艺术加工？将纪实要素弱化并融入综艺要素，降低了观赏门槛，当然可以获得更高的收视率和好评，也能让更多领域的人了解到这个行业。从"工艺品"的角度来看，可能是合格的，但作为"艺术品"而言，还差那么一口气，那就是未能引起片中所描述的群体的共鸣。但如果没有这个渠道的宣传，这个行业也不会如此引人注目。至于其中的利弊，就见仁见智了。

0730
咪咪的危机：溃烂的伤口与努力的医生们
坚持换药力挽狂澜，首次独立完成采血操作

俗话说"民以食为天"，尤其是早饭，常常会给人带来一整天的活力，而医生们更是深谙此道。每次在晨会前路过会议室时，总会看到医生们在里面迅速地吃早餐，就像是传闻中的武汉学生们，一手提着袋装豆浆，一手拿着热干面，还有一根指头提着装有油条的塑料袋，匆忙跑向学校那样。这里我就要"澄清"一下，以上描述的情况的确存在，而且并非少数。令人称奇的是，即使看上去这么赶时间，也鲜有学生因此迟到，这或许就是学生们多年锻炼出来的时间管理能力的体现吧。话说回来，医生们吃早餐吃得急，一方面是因为要准备随时会来的顾客；而另一方面，就是如果现在不吃快点，一会可能就会因眼前的景象而吃不下了。接下来发生的事正是如此。

由于顾客一般会选择周六来就诊，因此今天相对而言就不会那么多。看样子这个周末都比较清闲。在没有顾客的时间里，我们会对住院的动物们的伤势或病情进行诊断和医疗，对于那些伤势较重的动物更是如此。现在则是每日例行对咪咪进行清创的时候。

打开笼子的铁门，咪咪躺在角落里，瞪着圆滚滚的眼睛盯着我。一开始，它只是弱弱地叫了一声，可当我伸手去触碰它时，它突然挣扎起来，露出了尖锐的小牙。虽然之前和它接触过一次，但看样子还是没有和它建立好信任关系。这也难怪，由于它严重的伤势，医生的清创工作对它而言大部分时间带来的是痛苦而非舒适，想必院内其他医生也是花了不少时间才和它建立起信任。对于我这个刚来的新人，咪咪对我显露恐惧和警惕心也是预料之中的。"乖，别怕。"经过一番努力之后，它总算鼓起勇气接近我了。

解开纱布时除去令人作呕的腥臭味以外，也会看到纱布上渗出液的颜色，有的时候纱布上会渗出红色的血液，有的时候也会是白色或微黄的脓液，这些症状并不一定能说明伤势的发展情况，但解开纱布，看到了伤口处流出浅绿色的渗出液，根据我目前所学到的知识，这一定不会是好转的迹象。与我一起进行清创工作的刘医生也注意到了这点。"唉，咪咪的腿可能保不住了。"我脑海里浮现这个判断前，刘医生就叹息道。向黄院长汇报咪咪的伤势后,他从诊室中快步走出,观察了一下伤势。"昨天没有清创吗?"黄院长问道。在得到否定答复后,他思考片刻:"那就加大活力碘的用量,以前是用的一袋吧,以后用量加倍,把伤口四周都仔细清洗一下,药膏也多涂一点,不要吝啬。"下达指示后,我和刘医生立刻开始为咪咪进行治疗。在清创时,能明显感觉到咪咪的挣扎力度加大了。中央处置区回荡着咪咪的哀嚎声,每一声都直击我的内心。好不容易清创完毕,也许是挣扎累了,咪咪闭上了眼睛,但呼吸平稳了很多。在这片刻闲暇,我才意识到我早已大汗淋漓。

即使在学校里做过多次实验,每一个像咪咪这样的患宠都会让我感到一阵心酸。有的时候为了制造实验动物模型,需要对动物进行一些特别的处置,以让它们患上某种特定的疾病。这些处置有的时候旁人看上去可能过于残忍。学兽医多年,我见过太多这样的故事,每一次都在心底告诉自己,要记住它们对科学的奉献。关上笼子的铁门后,咪咪安静地趴在笼子里,不知何时睁着一双湿漉漉的眼睛看着我,那眼神里,似乎多了一点点的信任。

大约十点左右,我刚从住院区出来,走到狗诊室处,就听到了里面传来阵阵小狗的叫声。抬头一看,是一对年轻的夫妻带着一只小型犬。小狗显得比较兴奋，精神状态看起来还算正常，只是它的毛发稍显稀疏。"医生，这只小狗有点食欲不振，平时活跃，但最近动得比之前少了，您看看是怎么回事。"妻子眼神中充满了焦虑。

经过一番临床诊断后，似乎并未发现有什么异常。"我们先做个体检，看它有没有什么异常。"坐诊的医生安抚着主人，并轻轻摸了摸小狗的头。"带它去抽个血。"医生对我说道。一开始我并没有意识到医生在跟我说话，一秒环顾四周后发现周围只有我一个人穿着助理的工作服，于是便赶忙将它抱到中处。

来到检查台旁我才发现，整个中处只有我和熊医生。低头观察那只小狗，它全身是浅棕色的毛发，眼睛闪烁着好奇的光芒，似乎对这个陌生的环境很感兴趣。它站立在检查台上，四只小爪子不停地挪动，看得出它对我有一些小小的警惕。"准备一下采血工具，你给它采个血。"熊医生将它保定好后，这样和我说道。欸？我来采血吗？留意了一下它的精神状态我才发觉，它现在多少显得有些兴奋，如果让我上手保定，它很可能会剧烈挣扎并咬伤我。第一次给顾客的动物现场采血的机会，来得就是如此突然。

在学校里做实验时，我们一般将兔子作为实验动物。给兔子采血，一般会选择耳缘静脉，如果是需要大量血液的情况则会选择心脏采血，这两种方式我都十分熟练。可是给宠物犬采血，就是另一回事了。在临床上一般会选择臂头静脉来采血，这对我来说可是未知的领域。仅仅是经历了考核和几次练习，我还不能完全有把握地给犬采血。伸出手背让它熟悉了我的气味之后，我轻轻地将它的前肢抬起，通过手指按压找到血管后，用酒精棉将腿毛分开，不出意料看到了一条很细的血管，随后一手握住前肢，另一手向血管进针，目前为止都没什么问题。

可是就在针刺破皮肤的一瞬间，它的前肢突然大抖动，做出挣扎状，我手里的针也因为突如其来的变故而脱手。很显然，这次采血失败了。在顾客面前出现失误可是大忌，不巧的话可是会对医院的名声造成严重影响的。"先等它平静一下，我再去准备一下采血。"为了让自己显得不那么慌张，我向熊医生请求道。而熊医生也随之点了点头，并轻轻地抱起小狗，放回了检查台。它开始不安地动来动去，显然对刚刚的保定不太适应。为了不让它感到过度恐惧，我再次照着学习到的操作方法，先伸出手背再次让它熟悉一下气味，再顺势转到下巴挠痒痒。又摸了摸它的前胸和后背。随着一番操作，小狗再次安定下来。

重新把针管接好，准备插入左前臂的静脉。考虑到再次挣扎的可能性，这次我稍微加大了握住它前肢的力度。由于第一次的失误，这次采血对我来说可是压力非常大。毕竟第一次失误顾客可以理解，但第二次失误，别人可就会怀疑你的水平了。虽然我只是个实习生，没有那么丰富的经验，但别人可不会管你是否是实习生，既然上了，就代表了医院的医疗水平。一边这样想着，一边将针刺入了小狗的血管。那一瞬间，我的手再次感觉到它前肢的颤动。

刺入后并未立即看到有回血，这使我心头一沉，没有回血，一般意味着针没有准确插入血管。该不会又失误了吧。自己在学校做动物实验的时候，偶尔会遇到针入血管后由于循环血量少而没立刻回血的现象，这种时候等一下就好了，我用这个理由默默安慰自己。时间一秒一秒过去，再不回血我可就要"流泪"了。终于在约五秒后，针管内出现了一点点红色。看着那红色的液体缓缓流入管中，我松了一口气。小狗似乎也感受到了我的轻松，它的表情开始变得放松，四肢不再颤抖。小小的它，在我温柔的抚摸下，渐渐安静了下来。

好了，成功了！我心中暗自庆幸，虽然算不上顺利，但总算完成了第一次采血。而在中处外的宠物主人看到我完成了操作，也露出了安心的笑容。这时我才意识到，原来从一开始，他们就没有发现我的操作有失误。转念一想，或者说他们对医生的失误比较包容？我不知道哪一种才是真实情况，不过这种"劫后余生"的感觉，我可不想再尝第二次了。

0731

狂犬与困意：双重危机下的成长

被博美咬伤的惊险，月度总结会上的尴尬昏睡

狂犬病病毒，属于弹状病毒科，"毒"如其名，它的外形呈子弹状。病犬通过咬伤人来传播病毒。虽然还想接着介绍下去，但再这么下去，不仅会偏离主题，大家估计也要发困了。今天的故事，就和"咬伤"和"发困"有那么一点关系。

清晨的阳光虽然明媚，但由于院外树叶的遮挡，投射进院内的，大部分都是斑驳的树影。拜这种环境所赐，如果不是留心观察，在院内很难察觉到天气以及阳光的变化。有的日子里，早晨上班时天空万里无云，而晚上下班时则是狂风暴雨，颇有一种"恍如隔世"的感觉。另外，如果察觉不到太阳的变化，人体生物钟则可能会被扰乱，其具体表现则是"发困"。而对于我这个还没完全熟悉环境的人来说，这种表现会更加明显。

由于住院区今天似乎比较清闲,于是在打扫完住院区清洁后,我前往诊室区寻找事情做。"我家财宝这几天有点反常,变得有点没精神,也不吃东西。"经过狗诊室的时候,听到诊室内传来女士有些慌乱的声音,于是我进入诊室一探究竟。诊室内,一只博美正在背包里瑟瑟发抖,看样子,它就是"财宝"了。我将它从包中抱出时,它突然张开嘴巴,露出了小小的犬牙,警觉地盯着我。这已经是这几天不知道第几次遇到这种情况了,但每次遇到这种情况,心里都不由得有点发怵。

经过一番触诊和 X 光检查,确认了其肠道内有大量粪便,再让粪便堆积下去很可能造成肠道破裂。于是负责诊断的蔡医生当即决定对其进行灌肠以软化粪便促其排出。由于我只是个实习生,在对动物进行侵入性操作时必须有熊医生在旁边监督,而熊医生似乎一大早就在手术室里,进行一场麻烦的手术。所以将财宝抱到中处的水池,准备好灌肠需要的工具后,我负责保定好财宝,正在中处值班的刘医生则负责进行灌肠工作。

灌肠的操作很简单,只需要将换上一次性灌肠软管的针管内抽满生理盐水,通过肛门将其送入,重复操作几次即可。由于它的肠道中积满粪便，因此在注射数次后需要按压其腹部以辅助排便。由于我负责保定，因此大部分时间，我只用按住财宝的四肢即可。

大家可能遇到过这种情况。早晨起来的时候很有精神，甚至还能记得刚刚做的梦的内容。但一到上课的时候，就会开始发困，尤其是那种做很简单的随堂测验时，教室里一片寂静，这时候人就会不知不觉地感到发困，回过神来的时候才惊觉自己的眼睛已经闭上了。而此刻的中处内正好一片寂静，即使手上仍紧紧保定着一只小博美，即使心里正在默背着手册上的操作步骤以防昏睡过去，我也在不知不觉间站着闭上了眼睛。这是一个致命的错误。灌肠时由于生理盐水对肠道的突然压迫，会产生极其强烈的疼痛反应，人都难以忍受这种痛苦，更何况是动物。察觉到手上的小博美突然开始挣扎，我才惊觉自己睡过去了。就在这时，察觉到保定的力度减弱，它的头忽然伸了过来，张开嘴巴一口咬住了我的右手大拇指。它的牙齿没有直接穿透肉，但咬合的力度让我的手指剧烈一疼。瞬间，我感到一阵刺痛，疼得我差点没忍住声音。

即便如此也不能松开双手。"没关系，不要紧。"稍微改变了一下保定的角度和力度，并安慰了一下它之后，灌肠工作继续进行，不到半分钟，灌肠就完成了，财宝成功排出了粪便。就在我们清理水池时，我才观察到刚刚被咬的地方虽然没什么唾液，但也破了一点皮。我知道，这只狗并不是故意伤害我，它只是在感到威胁时做出自卫反应。根据我所学得的知识，狂犬病病毒对酒精、聚维酮碘和氧气非常敏感，因此我立刻前往洗手间用肥皂对手指消毒，随后回到中处用那里的碘棉球再次消毒。即便如此还是有些不放心，于是我向正在做清洁的刘医生询问了一下手指的伤势。"就这点伤没必要去打狂犬疫苗。"看了看伤口，再问了一下我的消毒方式，由于这些动物的免疫状况都已正常，并且伤口的深度不足以让病毒通过血液传播，刘医生依此判断道。我也因此松了一口气。

然而未曾料到祸不单行。刚吃完午饭，院内又来了一只脾气有点暴躁的名叫"斑斑"的猫。由于刚刚做过绝育手术，缝合处可能正隐隐作痛，看样子是来复查的。虽然黑白相间的毛发显得格外清新，但它的眼神却透出一股凶悍的气息。"它前两天做完绝育后有点神经质，可能是因为手术后的恢复不太好。"斑斑的主人小声说道。

我心里琢磨了一下，考虑到它可能会有较强的攻击性，便小心翼翼地靠近它。这次可不能重蹈覆辙了，我可不想再次因为松手而挂彩，于是我加大了保定的力度。没想到，一开始斑斑并没有表现出太多的恐惧，但当我加大力度的一瞬间，斑斑突然快速挥动了爪子，一下子抓到了我的右手无名指。

"哎！"我猛地收回手，无名指上传来的感觉与其说是痛觉，更不如说是一种痒感。看着鲜红的血珠在伤口周围渗出，我深吸了一口气。本来想保护自己，结果却弄巧成拙。上午是狗，下午是猫，明天又会因哪个动物受伤呢？我心里自嘲道。看样子我离独当一面还远着呢。

再次处理完伤口后，我才猛然想起，熊医生早上做完手术后跟我说过，今天下午三点要开一个月度总结会，届时包括我在内的所有非高级助理都要参会。看了一眼墙上的时钟，现在是两点五十分，时间还算来得及，松了口气后，迈着略带沉重的步伐走进了会议室。就先忘记闹心的事，趁着开会的时候歇一会儿，我在心里这么盘算着。

由于会议室的窗外没有树，阳光照在了会议室的桌上，带给因空调而略显寒凉的会议室一丝温暖。桌上整整齐齐地摆着几份文件。熊医生坐在我的正前方，开始讲述这个月的临床病例的总结分析以及助理的工作注意事项。我手上握着随身携带的圆珠笔，试图通过记录会议内容来驱散逐渐涌上的困意。说起来，我在之前参加世界青年兽医大会的时候，由于那天起得很早，因此当会议开到九点，离茶歇还有一个小时的时候，我已经忍不住困意了。那时为了对抗困意，也是通过手记会议内容来强行让自己打起精神。当然在写的时候也数次发觉自己不知何时已经闭上了双眼。在茶歇的时候喝了点咖啡才算打起了一点精神，直到会议结束都没有失去意识。事后看了看发困时的手记内容，不出所料，一开始还算工整的字迹到后面逐渐潦草，最后干脆变成了一团意义不明的杂乱线条。至于后来我把会议内容写成文档上交，获得了老师的赞赏，这就是另一个故事了。

回到故事。"这个月接诊的病例比上个月增加了12%，其中……"熊医生的声音传来，但在我耳中逐渐变成了模糊的背景音，手里的笔也开始不受控制。数秒后才发现自己又闭上了双眼。历史似乎是个轮回，我好像又回到了那个开兽医大会的上午，一次又一次惊觉自己闭上了眼睛。

突然间，似乎脑中闪过一个灵感，我猛然从睡梦中惊醒。而这次惊醒伴随着一个不自觉地抬腿，把桌子狠狠撞了一下，在会议室中发出了极其不和谐的声音。熊医生的声音顿了约一秒，随后继续。毫无疑问，会议室里的每个人都通过这个撞击声,察觉到我刚刚睡着了。而拜这次撞击所赐,我的意识彻底清醒过来了。

一小时后,会议接近尾声。"还有什么问题有不明白的?"熊医生目光扫过全场。"没有问题。"我迅速接话,试图掩饰自己一开始的恍惚状态。同事们彼此对视了一眼,纷纷点头表示同意。会议草草结束后,再次看了看刚才的手记,果不其然,上面正是一幅抽象大作。我苦笑着,去医院大厅的贩卖机里买了一瓶咖啡。

虽然这次小插曲显得有些狼狈,但也让我意识到,或许,我需要学会在适当的时候停下来,给自己一点喘息的空间。毕竟,磨刀不误砍柴工,咖啡虽好,可不能贪杯。

0801

激光刀下的重生：手术室里的生命礼赞

激光手术观摩，柴犬术后苏醒的欣慰

医生是个经常见证生离死别的职业，宠物医师也是。随着人们在宠物身上投入的感情日益加深，当宠物离去之时，兽医们见证的眼泪也越来越多。但今天的故事可没那么沉重。随着医生们对动物情感上的投入，我们见证的笑容也越来越多，尤其是当动物们从濒死的伤势中逐渐恢复过来，并重现活力之时。

清晨的诊所可能不会很忙碌，但一定是充实的。除开例行的打扫卫生以及监护输液区的动物们，另一件必做的事是给院内重症患宠换药，咪咪就是这样的一只患宠。每次到猫住院区，我的心情总是五味杂陈的。作为我所知道的院内伤势最严重的宠物，从我到医院至今，都似乎未曾见到它的伤势好转过。给它换纱布和清洗伤口，已经是每天工作人员的必做事项了。再加上之前流出绿色脓液的事，让我不禁对它的伤势持悲观态度。

打开笼子，令我惊喜的是，今天的咪咪精神状态比之前好多了，对我也更加信任。它身上的毛发虽然有些凌乱，但它更加明亮的眼睛让它也显得比之前有了更多活力。它将那条缠着绷带的小腿轻轻摆动了一下，似乎在宣告："你看，我现在好多了！"

轻轻将它从笼中抱出并带到检查台上，咪咪并未像往常一样对我露出小小的尖牙，而是安静地蜷缩在我的怀里，这份来之不易的信任让我感到一丝温暖。打开纱布，虽然纱布上仍然有黄白色的脓液，但之前流出的绿色脓液也不见了踪影。此外，原本深至见骨的巨大伤口的周围，也生长出了一些鲜红的肉，正在一点点覆盖原本"露骨"的部分。这说明它的伤势正在好转。对于这样一个经历过生死的小家伙来说，这无疑是生命的奇迹。

"咪咪的恢复情况比我们预期的还要好。"与我一起进行清创工作的刘医生看到这个景象，也在一旁感叹。在获得准许之后，我在医院大厅里买了两小袋猫零食带到住院区给它"加餐"。咪咪低头开始舔食，发出咕噜咕噜的声音，仿佛在表达自己的感激。

看着它逐渐恢复的样子，我想起了第一次见到它时的情景——它蜷缩在笼子里，眼神中充满了悲伤，一次次嚎叫中充满了痛苦。严重的伤势一度让我认为截肢是最好的选择。但如今，看似不可恢复的伤口正在一点点复原，除去医生们日复一日的努力，更让我们看到了它对"活下去"这一纯真愿望的拼搏精神。对我来说，生命的意义正是在这些点滴努力中被重新定义，再微小的生命，也值得被尊敬。

"有没有人来帮忙来保定一下！"忙完了对咪咪伤势的处置，正准备去输液区，B超室的涂医生从门内探出头来寻求帮助，于是我答应了一声，便前往B超室。医院的B超室非常狭窄，一次顶多容纳五个人。门外站着一家三口，小女孩似乎正在读小学。她时不时向门内探去，好像很担心自家猫的安危。而我一进去就看到了正在保定一只戴着伊丽莎白圈的白猫的黄助理和熊医生，再加上做B超的涂医生一共三个人和一只猫，这么拥挤的B超室还是第一次见。

明明有两个人来保定，却还是缺保定的人，这是怎么回事？我看着这只猫也没在挣扎啊。虽然不明白原因，但总之先上去帮忙吧。按照指示，我牢牢保定好了它的两后肢，黄助理抓住了它的前肢，而熊医生则按住了它的头部。"让

上卷：初入医院——生命的重量与导航的迷途

它侧躺吧。"涂医生指示道，但当我们试图将它的身子侧过去的时候，它突然开始在保定台上拼命挣扎，甚至张开嘴发出了低沉的呜呜声。我尝试轻轻将它按住，但它的四肢像装了弹簧，死活不愿意侧躺，剧烈挣扎一度让佩戴好的伊丽莎白圈掉落下来，不止如此，它甚至用自己的尖牙去撕咬熊医生的工作服。如此剧烈的挣扎反应，这可不多见。

"它平时就不太喜欢让人碰。"小女孩的爸爸在一旁尴尬地解释道。根据我所学得的微薄知识，不愿意侧躺，提示患宠的心脏可能存在问题。为了确诊，必须让它侧躺以便做B超，只能暂时苦一下它了。三个人上阵，我们终于成功保定了白猫。尽管如此，白猫的挣扎依旧激烈，即使被按住了，它的爪子仍不停对着空气做挥舞姿势。幸好，我们最终顺利完成了拍片。

当我们正准备清理设备时，一旁的小女孩突然凑过来，指着我问："你是来看的吗？"我愣了一下，一时没搞懂她是什么意思。如果原封不动地去理解这句话，那么在她的眼中，我刚刚什么都没干，这有悖于事实。进一步思考，由于我刚刚的位置在B超室最里面，因此门外的小女孩很可能没看到我的操作。想到这里，我随即忍不住笑了。"不，我是来帮忙的。"我蹲下去，看着她的眼睛，尽可能用温柔的声音说道。

小女孩似懂非懂地点了点头,低头看向白猫,脸上浮现出一丝喜悦的笑容。或许在她眼里,我和同事们就像是某种"奇怪的客人",总是忙碌地来来回回走动。随后又经过了一番检查,结果显示白猫的心脏没有明显异常,只是肺部有些轻微的炎症。在做完检查后,她转头对我轻声说了句:"谢谢大哥哥帮忙。"那句简单的话,稍微治愈了我的疲惫。

下午的诊所总是弥漫着一种忙碌的气息。就像是好不容易的休假日,自然不想早起那样。即使上午的顾客再少,下午的顾客也会变多。早上还算清闲的输液区的一排排笼子里挤满了患宠。有的狗狗安静地趴在笼子里,有的猫咪则不耐烦地挠着笼门,仿佛在表达自己的不满。我从午休过后就一直在输液区忙碌,为每一个病患检查输液进度,调整滴速,记录病情。自从我考核完输液操作之后,我就可以单独去给患宠换注射液了。尽管脚步不停,但我的内心却感到一种"忙碌"的平静。

"狗输那边有个笼的药输完了。"狗输液区那里传来一阵报警声,张助理在一旁提醒。"好,我去看看。"响起报警声意味着药液已经输完了或机器因其他原因而停止输液,如果及时去处理，并不会造成危险。我走到那只米白色的贵宾犬面前，轻轻安抚它的头顶。它的眼神中带着些许疲惫，但整体状态还算不错。看了一下笼子上的表单，确认了可以拔掉留置针后，我拔掉针头，消毒止血后，将它交还给焦急等待的主人。

下午三点，总算是度过了一天最繁忙的时候。正准备休息一下时，黄助理走过来，悄悄跟我说："一会儿有个激光手术要做，要过来看一下吗？"激光手术这种东西，虽然知道它的原理，但我以前只在电视上见过，这次可是一个千载难逢地学习的好机会。

又问了点情况，得知是一只患有口腔肿瘤的柴犬需要切除病灶。又在输液区忙了一会，得到允许后，我才兴奋地脱下外套，换上无菌手术服走进手术室。我进去的时候，手术似乎已经快结束了。里面的灯光雪亮，主刀医生正用激光设备给切除部位止血，助手则在旁边根据需要调整无影灯的角度。我站在角落里，尽量不打扰他们的工作，同时仔细观察手术的每一个步骤。

激光手术的特点就是精准度高，创伤小。当红色光点照射在患处时，虽然听上去可能有点微妙，但确实传出一阵类似烤肉的气味,而激光照射过的部位也留下了棕黑的止血痕迹。手术室内只有机器的轻微嗡嗡声和医生的简短指令,整个过程流畅而高效。

手术结束,将柴犬抱到输液区输生理盐水以解除麻醉状态时,我看到柴犬的主人正焦急地在门外等候,当看到它伴随着平稳的呼吸睡着了时,我们脸上都露出了欣慰的笑容。

医生们每一天的忙碌,都是在用汗水和耐心诠释着自己的责任。随着医疗技术的发展,今天无法治愈的患宠,在明天就会得到治愈。每一个生命的康复背后,都有我们和它们共同的努力。

0802
粪便采样与耐心考验：从排斥到熟练的跨越
独立完成粪便采样，细血管采血的团队协作

大家在医院有被采过血吗？这是个很隐私的话题，对此我也不打算过多展开。人医这边我不是很清楚，不过对于宠物体检来说，给他们采集生物样本并不算一个很罕见的事。由于很多寄生虫都要通过肠道排出以完成生活史，因此对粪便进行镜检是一种医院常用的诊断寄生虫病的方式。说起给宠物采集粪便，大家的第一反应可能是"这是个令人作呕的活儿"，不过至少在大多数情况下，事实可不是这样。

清晨的诊所，刚刚完成清洁后，空气中弥漫着消毒水的味道。虽然阳光不算很明媚，但还是为这个忙碌的地方多少添了一点温暖。手术室里传来仪器嘀嗒的声音，看样子在我来医院之前，晚班医生们就已经忙了一晚上的手术了。直到早会的时候我都没看到熊医生，看样子他现在正在手术室里。

"来抽个血,对了,还要采个粪。"正当我打扫完中处的卫生,正准备歇一会时,张助理就抱着一只小犬过来了。它是只比熊犬,毛发卷卷的像棉花糖,但它显然并不喜欢这个环境。一靠近,它就开始发出低低的呜咽声,尾巴夹在腿间,一副抗拒的样子。

准备了一下工具后我才想起,这好像是我第一次在没有熊医生的监督下进行操作。虽然在不久前我已经拥有不在熊医生面前进行简单操作的权限,但在进行侵入性操作时,仍然需要有人在旁边监督。意识到这将是我独当一面之时,心里就免不了一阵激动。

"帮我保定一下。"简单的一句话,我们便安排好了分工。张助理负责抱好它的身体,尽量用温柔的语气安抚它,我则拿起准备好的注射器。轻松地找到了头静脉,用手轻轻按压了几下,感到血管在指尖跳动后,迅速将针头扎了进去。温热的鲜血立刻流入注射器,动作干净利落。"不错啊,手法越来越稳了!"张助理笑着夸了我一句。

不过到了采集粪便这一步,我却有点发怵了。操作内容我倒是知道,不过对我来说仍然是个新鲜的挑战,毕竟以前大多是高级助理完成这类工作。另外,没人希望自己因为操作不当而弄得到处是污物。"这是你第一次自己操作吧?"张助理递过工具时挑了挑眉问道。"是的。"我多少有点紧张,但更多的是兴奋。

采集粪便样本的操作与灌肠很像,都是把灌肠管接到装满生理盐水的注射器上往肛门里注入,区别是灌肠需要注入生理盐水多次,而采集粪便只需要注入一次,随后缓慢抽出内容物即可。我戴上手套,小心翼翼地将采便器对准目标,动作缓慢而谨慎,生怕一不小心用力过猛对肠道造成损害。当样本缓缓被抽入注射器时,我稍微松了口气。"挺不错啊,没有弄脏手!"张助理调侃道。

采集完毕,我将样本送去化验,努力让自己没笑出来。虽然这是个简单的任务,但对于其他身经百战的医生来说,不过是个再简单不过的操作了。但每一次尝试新技能,都会让我觉得自己离成为一名合格的医学生又近了一步。

不过就算是身经百战的医生,遇到难以处理的情况,也需要协力"作战"。下午诊所迎来了一只泰迪犬,它毛茸茸的小脑袋轻微摆动,看样子对周围的一切充满了好奇,却因诊室里的陌生气味显得有些不安。"医生,它最近看上去有点没精神。"主人带着它走进来时轻声说道。经过一些临床检查后，我们决定先给它抽个血看看血象。

泰迪被抱上了检查台。它的体形很小，四肢纤细，血管隐隐可见，但极为细窄，注定给采血增加难度。"你去保定吧。"看样子这次的采血工作对我来说还是太困难了，为了避免对它造成二次伤害，熊医生这么跟我说道。按理来说被人不信任多少会让人觉得难受，但说实话，我却没多少特别的感觉，毕竟你不能因为别人说中了事实就急眼了是吧。看样子我要成为一个合格的医学生还是任重道远啊。

"你先来试试。"熊医生率先将注射器递给张助理。张助理仔细检查了泰迪的前肢，用手指轻轻按压着血管所在的位置，试图找出头静脉。泰迪显然对这种陌生的触碰很抗拒，开始低声呜咽，甚至尝试把爪子缩回去，我则急忙按住它的前肢。"乖，不疼，很快就好了。"张助理安抚着它，同时更加仔细地寻找血管。找到血管后，助理迅速将针头刺入，但针管里却没有出现预期的血液。她试着调整了角度，可血管太细，再加上它的前肢在我手里不断挣扎，操作难度成倍增加。时间一分一秒过去，张助理的头上开始渗出汗珠。

"这血管太不好找了！"一分钟过去，张助理无奈地放下针管,叹了口气。熊医生则接过工具,换了另一条前腿进行尝试。他的手法还是一如既往地快准稳,找到血管后迅速下针,却依旧一无所获。

"可能是它有点脱水,血管收缩了。"熊医生罕见地皱着眉,耐心解释道。在临床上,我们可以通过观察其血管的充盈程度来判断是否缺水。严重缺水的动物,它的血管也会变得扁平。这时如果进行静脉扎针,很可能扎偏位置。事不过三,眼看两次尝试都失败了,再失败恐怕患宠家属真要怀疑我们的技术了,于是熊医生赶忙去叫来了东医生。东医生平日里不苟言笑,在中处也很少见到他,平日里他都是待在自己的诊室里。他的医疗水平非常高,完成过许多复杂的手术。让他来给患宠采血,这还是我第一次见。

东医生用酒精棉重新擦了擦泰迪的前肢,稍微观察了一下,便用最细的针扎向了血管,到此为止都与之前的操作相同。随后就像时间静止了一样,东医生一动不动,连手中的针也没有一丝抖动。大约半分钟后,一滴血珠便流到了针管里。这时东医生稍微按了按上部的血管,松手后,一滴较大的血滴流了下来。由于血象只需要约 0.1mL 的血就足够了,因此一分钟后,我们便收集到了足够的血液。事后才知道,其实一开始我们就已经扎到血管了,只是由于泰迪的血管太细，血流速度太慢，需要多等一会才会见血，这个时候就需要耐心；另一方面，稍微按一下上部的血管，可以短时间内稍微增加那一段血管内的血压，从而使血液流动"厚积薄发"。道理确实很浅显，不过在实操中能不能立刻想到这点就是另一回事了。虽然这次几个人一起上才成功，不过把这次失败作为下一次成功的铺垫，多有一点耐心，这样说不定下次就能成功了。

而耐心对我来说，可正是一个需要锻炼的素质。进行医疗工作时，有的疾病或创伤需要较长的时间去治疗，尤其是严重的创伤。碰巧的是，医院里正有这样的一只猫。距我认识咪咪已经有一小段时间了，这只腿部受伤的小猫，是我所知道的医院里伤势最重、最让人心疼的患宠。其患肢伤势曾一度恶化，甚至流出了绿色的脓液，在换纱布并消毒时，时常会发出撕心裂肺的叫声。好在经过一番处理，它的伤势正在向恢复的方向转归。

"咪咪，今天好些了吗？"我轻声问道，尽管知道它不会回应，但还是忍不住想和它说话。它抬起头，用那双深邃的眼睛看着我，我读不出它的想法，打开笼门，用温暖的毛巾包裹住它，将它轻轻抱到检查台上。

每次当我拆开纱布，都会在心里为它的症状祈祷。今天一如既往地打开纱布后，我忍不住松了一口气——可以看出伤口的脓液虽然仍在渗出，但量明显比上次减少了。曾经红肿的地方也开始消肿。虽然仍伤可见骨，但相较于刚见到它时的惨状，这已经是巨大的进步。

在用活力碘清洗伤口时，这次咪咪没有挣扎，只是稍微眯起眼睛，似乎感受到了一点点的安心。清洗完伤口，再涂上新一轮的药膏。整个过程中，它偶尔会发出轻轻的哼声，但并没有像以前那样拼命扭动身子。看着它安静的模样，一股暖流涌上了我的心头。虽然稍微绕了点弯路，但它已经开始相信我对它的善意。当我将咪咪重新放回笼子时，出乎意料地，它竟然主动舔了舔我的手指，这是它第一次做出这样的举动。那一瞬间，我的心被触动了。这就是小动物们独有的表达感激的方式，简单而真诚。这也许就是人们热爱这些可爱生命的原因。

0803
体检报告与结石迷踪：细节决定成败
填写体检报告的困惑，结石手术的乌龙事件

在我小时候，看学校例行体检的报告对我来说可是一件苦差事。虽然每个字都能看懂，但这些字连起来之后就看不懂了。学了些许专业知识后，看报告对我来说已经是一件小事了。不过填写体检报告，对我来说还是多少有点困难。作为一名助理，操作技能可以通过练习提高，但写报告却需要用精准且易懂的文字去表达专业内容，这并不容易。

早晨的医院里来了一只拉布拉多犬，看样子是来做例行体检的。每只宠物进行体检后都会在其专有的病历上进行记录，翻了翻它的病历，每年的情况似乎都大差不差。询问后才得知，它的健康状况一向都挺好的。"它一切正常。"东医生简单检查后如是说。此时突然来了个急诊病例。"报告就按照标准模板，都写正常吧。"他留下这句话，便赶忙跑向诊室了。我以前没有写过体检报告，这突如其来的任务给我打了个措手不及。

　　以上内容看上去可能有点不太对劲——明明我看了病历后得出了"它的情况每年都差不多"的结论,但我为什么又要向其他医生确认它的健康状况呢?原因很简单,因为我根本就没看懂病历上的手写文字,这听上去就很滑稽。简单来说,我是在问了医生后,通过推测才知道,每一页的那些形状相同的潦草的字迹代表着"正常"。但如果直接照葫芦画瓢,恐怕会闹出大笑话。举个例子,"α"和"a"的手写体都很相似,但表达的意思可是大相径庭。

　　另一个困扰我的,是例如直肠的触诊状况等需要书写详细情况的项目。去用准确的语言描述毛发、皮肤、心肺功能、消化系统等一系列指标,如果是发生了病变,描述出其特征性病理变化即可,但东医生的那句"正常",让我感到无从下手——正常意味着没有明显的症状,那这具体情况该怎么写?虽然在课上学过正常动物的一些体征的描述,但是否要把所有正常的体征描述都写上去呢?如果要有侧重的话,要往哪些方向侧重呢?不同医生看上去都有自己的行文风格,这些疑问让我多少有点混乱。

　　盯着空白的报告模板发呆也不是办法,于是我拿着模版去输液区问了问黄助理。"报告这种东西,如果是正常的话,照着以前的去写不就好了吗？"向他诉说了我的疑问之后，他笑了一下："这样啊，我以前也有过这样的问题来着。如果指标正常的话就在相应栏里画个圈好了。那些让你详细填写的项目，就看看之前的记录吧。"他拍了拍我的肩膀，继续去输液区忙去了。

我打开了以往的病例记录，试图从中寻找灵感。翻阅了几份后，我发现每个人的写法都有所不同，但都有一个共同点——条理清晰，语言简练。我开始模仿他们的格式，一点一点地填写。"毛发光亮，皮肤无异常""心率正常，无杂音"……每写下一句，我都反复检查，确保用词准确。尽管脑海中充满了不确定，但最终我还是完成了整份报告。

本着为患宠负责的态度，我决定将报告给东医生看看。来到诊室，东医生似乎刚刚完成了诊断，正在椅子上休息。"我把病历写好了，请看一下有什么问题。"我将病历忐忑地递给医生。他快速浏览后点了点头："不错，下次可以再详细一点。"

虽然只是一句不温不火的评价，但对我来说意义重大。从这个评价中提炼出的结论，就是我刚刚的书写没有出错。这样一来，我就可以以这次的报告为基础，去塑造我自己的行文风格了。虽说如此,下次我还是要注意细节,我在心里这样暗暗想道。

而一会儿的经历则告诉我,我还是不够注意细节。

在结石手术前,医生们会先用X光去观察结石的位置和数量,根据片中显示的信息来进行手术。为了避免纠纷,也是为了让家属更直观地了解医生们的手术成果,我们会将X光片给家属观看,并在术后将片中显示出的数量相同的结石交给家属。由于饲料营养的不均衡,结石已经是动物比较常见的病症了。光是今天,手术室外的白板上就写了两个取结石手术。

刚刚经过手术室门口,手术室的门便打开了,里面弥漫着一股消毒水的味道。我看了一下白板上的时间表,看样子结石手术刚刚结束。手术台上的狗狗被转移到输液区解除麻醉,医生们则开始清理现场。见我路过门外,熊医生递过一块纱布:"把结石拿出来,给家属看看。"

我点点头,接过纱布,心想着这不过是个简单的任务。听医生说,这只狗狗体内有一颗较大的结石,于是我只检查了一下纱布表面,很快找到了一颗硬邦邦的,带有些许血色的小石头。

在输液区找到那只犬时，它的家属便关切地向我询问它的病情。"刚刚的手术已经把结石取出来了。"我将纱布中包裹着的那一颗结石给家属看，脸上带着些许得意的笑容。谁知，家属盯着那颗结石，露出疑惑的表情："医生刚才不是说一共有七颗吗？"

我的笑容僵在了脸上，心里立刻慌乱了起来。我立刻返回手术室，向医生询问了一下。"你把纱布展开看看。"我小心翼翼地将纱布完全展开，果然，在纱布的褶皱间，还藏着六颗小结石！这一刻，我的脸顿时烧得通红。

"你在急什么呢？"医生看着我，语气中透着些许无奈，"下次多检查几遍。"

我低着头连连点头，默默将所有结石整理好，重新交还给家属。虽然被批评让我感到有些丢脸，但这次经历却给我上了一堂深刻的课——无论任务看起来多么简单，细致与耐心都是不可或缺的。回想起医生的话，我暗暗告诉自己，下次一定要多一分谨慎，多一分细心。这些小小的经验，终将成为我职业道路上的宝贵财富。

到了下午三点左右，院内的顾客量达到了一个小高峰。其直观表现，就是输液区里的笼子全都在使用中。如果是更繁忙的时候，除去这些笼子，连大厅内的沙发都要用来给宠物们当休息区。有的时候为了检测输液效果，会在输液时给动物进行体温测量。给动物测体温与给人测不同，需要将体温计插入动物的肛门内。虽然有测温枪的话会方便一些，但在实际操作中，测温枪测得的结果会由于动物身体各处温度的不同而产生些许偏差，因此我们一般都会直接去测量肛温。

"去给它测个肛温。"熊医生在忙碌的输液区内向我下达指示。在我面前，一只米黄色的小柯基正安静地卧在检查台上，抬着头东张西望，似乎对输液区里的一切充满好奇。它的尾巴轻轻摇晃。

在测量肛温前，需要给体温计套上一层肛表套以防体温计被粪便弄脏。一切似乎准备就绪。正当我轻轻掀起柯基的尾巴，露出肛门，准备慢慢地将体温计插入时，为了不犯错误，我开始复盘整个操作的步骤，仔细回忆是否有遗漏的部分。这时我才猛然想起，我还没有给体温计涂抹石蜡油。

涂抹石蜡油这一操作，其实并不会给测量结果带来多少误差，但如果不涂石蜡油的话，粗糙的肛表套会与直肠壁直接产生摩擦，从而导致动物产生痛苦反应。我赶忙从架子上拿到了一小瓶石蜡油，并倒出一些，细心地涂抹在体温计探头上。

这一次，我小心翼翼地掀起柯基的尾巴，将体温计慢慢靠近它的肛门。柯基稍稍扭动了一下，我停顿了一秒，接着又继续插入。柯基只是稍微挣扎了一下，马上又恢复了平静。

几秒钟后，体温计发出嘀嘀的提示音，测量完成。我取下体温计，查看屏幕上的读数。38.6℃，看上去它的体温还算正常。将读数报告给熊医生后，就在我准备放松时，他突然问道："石蜡油涂了吗？"

就像是看穿了我可能会犯的错误一般，这个问题让我心头一惊，还好我已经涂过了，这次可没有犯错误。得到正向反馈之后，熊医生点了点头便离开了。

我又看了看柯基，它正甩着尾巴，似乎并没有因测温而受到太大影响。我松了口气，本来还在担心石蜡油涂得不够多，看样子并不是这样的。涂石蜡油这个看似不起眼的小细节，其实对动物的舒适度有很大的影响。如果换作一只性格敏感或者体型较大的狗，可能就会因此变得非常抗拒而造成直肠损伤。

虽然这次算不上失误的失误没有造成实际后果，却给我上了一课：对待动物的每一个操作，都是一份责任，容不得一丝马虎。正好，接下来两天休假，抽出来一点时间再去背一下操作要求吧。

后话1

小显身手：实验室里的"三指法"传奇
动物医学实验课上的保定实战，化解小组危机

前面出现过"我从未接触过犬猫"这一情节可能会让很多人产生疑问。先不说读动物医学的学生竟然没接触过犬猫，从未接触过犬猫还能淡定自若这点也可能引起大家对上述故事的真实性的怀疑。事实上，动物医学的学生从大二上学期就会开始进行动物实验，一般我们用的实验动物是家兔，其次是小白鼠，偶尔会用到青蛙，所以并不是完全没有与动物接触的经验。之所以强调这点，是因为接下来的故事与"经验"有关。

进入十月后，武汉的天气逐渐开始转凉，不过"逐渐"一词仅仅针对早已适应气候变化的本地人。面对武汉时常戏剧般的天气变化和流感季节的即将到来，辅导员也经常在群里提醒学生注意增减衣物。即便如此，还是会有许多人高烧、卧床不起。

药理学实验是在每周一下午两点半，同学将分为五人一组的若干个小组进行实验。在实验前我们两个班的同学会先集中在教室里上课，随后分别到不同的实验室做实验。"天气真冷啊。"洪旗一进教室便抱怨道。洪旗是我组内的成员，对兔子的心脏采血很有一手。"答案是多穿点。"我打趣道。到了两点半，见学生来得差不多了，老师开始讲解今天的实验内容。这次的实验是测定某种药物的浓度在体内随时间的变化，需要对家兔采多次血液。由于需要的血液量较大，推荐使用心脏采血法进行采血。

兔子看似乖巧可爱，但"动如脱兔"这个成语可不是空穴来风。在我们最开始做动物实验的时候，一个不注意兔子就可能跳到地面上，那时再去抓它就难上加难了。"那我先去拿兔子。"课程讲解完毕，洪旗去实验室外的笼子那里拿兔子。在等待时，我开始刷手机，赫然注意到有数十条信息。"帮我请个假，我得流感了""我发烧了，帮我向老师说一下""我在校医院打针，帮我和老师说一下我一会到"，基本上是这些内容。此时我注意到，这些内容分别是组内另外三名同学发来的。望向实验台，台上有老师事先准备好的五根离心管和其他实验器材药品，台下却只有我一人。

待洪旗抱着一只活蹦乱跳的兔子回来后,他看着仅有一人的实验台,问了一个触及灵魂的问题:"其他人呢?""都请假了,也就是说这次实验我们组就我们两个。"看向其他组,似乎只有我们组没到齐。"那怎么办啊,这下不是连保定兔子都保定不了?"这里需要解释一下,这里所说的"保定"和医院内的保定是两回事。在我们实验时,为了防止兔子挣扎,我们会先将兔子麻醉后将它的四肢用塑料绳绑在保定架上使其腹部朝上,这就是我们一般的保定方法。即使如此,有的对麻醉药耐药性强的兔子个体仍会在我们绑定四肢时开始挣扎,因此需要至少两个人来将兔子按住,再让第三人进行绑定。雪上加霜的是,这次实验老师并没有给我们提供麻醉药,也就是说兔子会比平时挣扎得更加剧烈。

"快帮忙按一下它的腿!""兔子总是挣扎,完全绑不了啊。"从其他组那里传来阵阵抱怨。"那我来试试吧,你来采血,我把它保定好。"我说道。"你一个人怎么保定?"见我发表如此言论,洪旗怀疑道。"我在医院里学到了点保定的知识,应该可以保定好它,不需要绑到架子上。""真的?""真的。""那好吧,我先去准备一下针管,别到时候兔子一个挣扎让针头插到我了。"带着半开玩笑的语气,他开始拆开针管的包装。

当然不能辜负他的信任，我使用在医院学到的知识将兔子放倒，使其腹部朝上，随后两只手分别用三指法固定牢兔子的前后肢，再用左前臂压住兔子的脖子，并将它的身体侧部紧靠于我。"你这样它不会咬到你吗？"见我如此操作，洪旗提出疑问。"不会的，它现在已经不会动了，要是担心的话就快点采完血。"我开玩笑道。见兔子确实没有动，洪旗很快采到了血液。直到采集完毕，兔子都未曾挣扎，事实上我也没有用力去按压兔子，这一景象让他惊奇不已。"我去安抚一下兔子，你先进行接下来的操作吧。"我对他说道。"那好，没想到我们没绑兔子竟然还能采到它的血，一下就领先别人了。"随着实验的推进，我也无暇去照料兔子，便让它在待在角落，并给它垫上了两层手套。"你们没有把它绑起来啊。"当老师巡查到我们这组时，见到兔子正安静地在一旁休息时，说了这样一句话。"嗯，兔子很乖，所以我们没绑它。"听到这话后，老师点了点头，帮其他组采血去了。

并不是把兔子绑起来它才会乖，而是因为要绑它所以它才不乖。这才是一个正确的逻辑。之后每每做实验时，我都会想起这个道理。顺带一提，直到我们把那次实验最后，我们组仍缺三个人，但依旧准时完成了实验。

下卷

生命课堂

治愈、告别与未完成的答案

0806
尿垫纠纷与除虫迷思：医患沟通的必修课
患宠家属的情绪冲突，除虫药使用的科学解释

在经历了两天的背诵之后，我对操作要求有了更深的理解。虽然与在学校里的实验操作相比，这里的操作要求更加简单，但医院更加注重与患宠家属的沟通，这一点可是对我的新挑战，毕竟在实验室里的实验动物可没有家属。

上午九点左右，虽然没什么新的顾客，但输液区的各个小笼子内已然躺满了患宠。这些都是由于住院区笼子不够而被转移出来的需要整夜输液的宠物，有的患宠主人非常关心自己的宠物，即使有晚班医生值班，他们也会选择整晚都陪伴在宠物身旁。有的家属会选择在笼子旁的桌上趴一会儿，有的则会选择在大厅处的沙发躺下。由于家属对宠物病情的担心会导致自身情绪的不稳定，再加上一晚上守候动物带来的劳累，这时与他们打交道，就成了一个非常微妙的问题。

虽然这时的诊所并不算忙碌，只需要偶尔在输液泵发出警报之前换液即可，但空气中仍隐隐弥漫着一种不安的气息。输液区的机器低鸣，前台偶尔响起电话铃声，病房里传来几声犬猫的呜咽。所有的声音交织在一起，构成了这里独有的背景音。就在这样的氛围中，一场医患纠纷悄然爆发了。

冲突发生时，我并没有在现场，但根据事后问到的情况我得知，事情的起因其实很简单——一位患宠家属在取回宠物时，要求拿两个尿垫。按照医院的规定，宠物在院期间，医院会提供尿垫。但由于宠物过多，平日里存放在输液区的尿垫已经用完了，需要从库房里重新取尿垫出来。赵助理负责接待，虽然她已经尽快将尿垫拿过来了，但对方显然并不满意。

"你们医院连两个尿垫都舍不得给吗？拿个尿垫都这么磨蹭。"家属的声音一点点提高，态度也变得越来越强硬，"我们花了这么多钱治病，结果连这点东西都不肯给？"

赵助理仍然保持着耐心，解释说刚刚在输液区的尿垫用完了，从库房里拿尿垫需要花一点时间。但对方显然听不进去，他皱着眉头，脸上的怒气肉眼可见地攀升。

"你们医院就这么缺尿垫吗？我家孩子冻病了怎么办？"家属的声音已经带上了些许指责，很多家属都将自家的宠物看作自己的孩子，为此发怒也是在意料之中。随着指责声一点点变大，输液区其他的家属们开始围观。

赵助理的脸色有些发白，她的手轻轻抓住了工作服的下摆，似乎在努力让自己冷静下来，然而很快，她的眼眶微微泛红，声音里也带上了一丝颤抖。最后，家属带着拿到的尿垫，并在情绪稍微缓和后离开了医院。待家属离开医院后，赵助理还是忍不住红了眼眶，眼泪悄然滑落。

我站在一旁，看着她努力控制情绪的模样，心里很不是滋味。赵助理平时是个温和而又细心的人，在我之前遇到困难的时候她也向我伸出过援手。今天的事显然对她的情绪造成了不小的冲击。我和其他同事们一起安慰她，告诉她这只是工作的一部分，并不是她的错。赵助理擦了擦眼泪，深吸了一口气，眼角仍然泛着些微的泪光，重新投入了工作中。

我在想，如果我遇到这种情况，我会做得更好吗？或许并不是这样。在这个行业里，总会有家属的不理解、愤怒甚至无理取闹。我所能做的，只有尽可能站在自己的岗位上，坚持自己的原则，同时也尽量去理解对方的情绪，通过细致观察，提前读出家属心绪并提供援助。想到这里，我突然看到一只正无力趴着的阿拉斯加犬，它身下的尿垫露出一片黄渍。于是我快步向前，将尿垫换下。它的主人正趴在一旁，察觉到动静后睁开眼。"它刚刚尿了，我正在给它换尿垫。"也许是刚刚的纠纷，为了避免类似情况发生，我提前向这位家属解释。她点了点头，重新趴在了桌子上睡了过去。不是每个患宠家属都像这样好说话，我能做的也就是尽自己所能，去帮助每一个动物。

到了约十点半的时候，接到了一只边牧主人的请求，他们希望给狗狗使用除虫药。主人表示最近家里发现了跳蚤的踪迹，怀疑是狗狗带回来的。负责操作的是我和熊医生，接到任务后，我拿着除虫药瓶仔细端详了一下。瓶子看起来很小，只有几毫升的液体。我下意识地觉得这药量未免太少了，心里有些疑惑。

"熊医生，这药液这么少，是不是需要多滴几次？"我举起瓶子问道。熊医生笑了笑，耐心地解释："不用，只需要滴一次就够了。你试试，先滴在背部的皮肤上。"

带着几分疑惑，我将狗狗带到中处的操作台上。边牧非常乖巧，站在台子上一动不动。我拨开它脖子后面的毛发，露出一小片皮肤，看到了一小块斑秃。然后按照说明，将药液滴在了那里。

药液迅速被吸收，看起来并没有什么特别的变化。我还是不太理解，忍不住问熊医生："真的只需要滴这么一点？它怎么能覆盖全身呢？"熊医生笑着解释道："除虫药会通过皮肤进入血液循环来把药效传遍全身。跳蚤咬到它后，就会中毒死亡了。"

听完这番解释，我恍然大悟。我之前的疑问显得没有医学常识，但熊医生并没有责怪我，而是耐心地解答了我的困惑。这次经历让我学到，不要轻易以自己的直觉去判断一些专业问题。很多看似简单的操作，其背后都有复杂的原理和科学支撑。作为助理，我需要做的就是不断学习，信任专业的力量。当我在学校学到除虫药相关的知识时，我已经读大三了，这是后话。

由于今天是周日，虽然不如周六那般忙碌，但从下午三点开始便有源源不断的顾客来到医院。眼看输液区这里有几个助理，似乎没有需要我干的事，于是就开始在院内到处寻找能做的事。看到了B超室似乎正需要人去保定动物，便走进去对那只侧躺在桌上的萨摩耶犬进行保定，一同前来B超室参与保定的还有刘医生。

这只萨摩耶犬很配合检查，几乎没有挣扎过。由于B超找到合适的视野需要一点时间，因此在等待的时候，B超室内除了机械的声音便无其他，有的时候医生们会趁这时询问一些患宠的症状。刘医生坐在一旁，两手握住犬的前肢，腿上放着一份病例单，他正低头核对着什么。当他抬起头注意到我也参与保定时，眼里闪过一丝意外。

"你昨天怎么没来啊？"他的语气随意，像是随口一问，但隐约透着一点点责备的意味。"我昨天和前天放假。"我立刻回答，心里却有些心虚，担心医生会觉得我的缺席影响了工作进度。"这样啊……你今年读大几了？""我下个学期读大三。""这么早就来实习吗？""我希望假期能多做些有意义的事。"

刘医生点点头，随后露出一抹意味深长的笑容："假期？上班就是不珍惜自己的假期。"他的话让我愣了一下，短短一句话，竟让我无从接话。诊所的气氛一向紧张而忙碌，这样轻松的调侃虽然多少显得有些不合时宜,却又让人觉得暖心。我顿了一下,回了一句:"医生,您的意思是,我应该多放假,少上班?"

他摇摇头,语气轻松却不失认真:"我的意思是,你的假期才是最珍贵的。上班这东西啊,总有忙不完的时候,但假期是你唯一真正属于自己的时间。"

这番话像一颗小石子,轻轻投进了我内心那片宁静的湖水中,一石激起千层浪。的确,从我加入诊所的那天起,生活似乎就被工作填满了。每天的学习和操作虽然让我成长迅速,但也逐渐蚕食了我的时间和精力。医生的话,让我意识到一个问题:我是不是忽略了生活中的某些重要部分?

没等我多想,B超的检查就结束了。听到隔壁的诊室传来了一阵狗狗的叫声,我便匆匆结束了和医生的对话跑去帮忙。这一天的工作如同往常一样忙碌,保定、采样、清创,每一件事都不容出错。我没有时间再去琢磨医生那句话的深意,但它始终在我的脑海里萦绕。

直到晚上回到家,我坐在床上,回忆着今天的每一个细节时,终于明白了医生的用意。他的"调侃"并不是一句简单的玩笑，而是一种关心和提醒。他在用自己的方式告诉我：工作很重要，但别忘了生活中的其他美好的东西，比如休息，比如自我调整等。这句话既让我发笑，又让我反思，可能将在日后成为我工作与生活之间的一个平衡点。

0807
麒麟的轮椅：瘫痪犬的重生之路
脊髓炎犬的康复训练，助理与患宠的双向治愈

　　脊髓炎是一种由细菌、病毒等病原体感染引起并使脊髓灰质或白质发生炎性病变的疾病，通常会造成下肢体瘫痪。麒麟就是这样一只不幸患有脊髓炎的阿拉斯加犬。昨天帮它换了下尿垫，看了看笼子上挂着的患宠信息单才认识它。

　　通过信息得知，它已经在医院的输液区住了好几天了。它性格温顺，但因为脊髓炎的影响，它的后肢完全无法站立，前肢的力气也在逐渐消失。之前也有注意过它，当时它趴在垫子上，眼神有些呆滞，像是对自己的身体失去了掌控，也对周围的世界失去了兴趣。

　　阿拉斯加犬是一种活泼的犬种，喜欢自由奔跑，可眼前的麒麟却只能静静地躺在那里，连站起来的力气都没有。根据我所学到的知识，脊髓炎必须通过治疗、营养支持以及适

当的物理康复训练多管齐下才能慢慢恢复。但即便是这样，也要看它自身的造化。有的狗可以康复，而有的则可能再也站不起来了。

昨天给它换尿垫时，轻轻地摸了摸它的头，它眨了眨眼睛，似乎是意识到了我的存在，但仍然没有力气做出回应。我心里有点难受，伸手摸了摸它的前肢，肌肉虽然没有明显萎缩，但也没有感觉到有多少力气。这不禁让我对它的病情保持悲观态度。

今天一大早，我来到输液区，准备开始一天的工作，毕竟输液区才是助理们的"主战场"。刚走到麒麟的笼位前，我便被眼前的一幕惊讶到了——它竟然撑起了前肢。虽然动作仍然缓慢，撑起前肢之后很快便再次趴下，但能够勉强支撑着自己的身体，不再像之前那样瘫软在地，这样的进步不禁让我发出一声感叹。

它似乎听懂了我的夸奖，努力抬起头，眼里终于有了一丝亮光。我连忙跑去告诉医生和其他助理，大家都围过来看。"看样子他的愈后比预期要好。"熊医生检查了一下它的四肢状况，点点头，说："前肢的肌肉开始恢复了，输液和药物见效了，不过后肢还是不行，得继续治疗。"我听着医生的话，心里既高兴又有点担忧。麒麟的症状虽然在往好的方向转归，但要真正站起来，还是需要更多时间和耐心。

这时我注意到，麒麟的笼子上正放着它一会要输的药，而它前肢上的留置针并未拆除。原本插在留置针上的针头似乎堵塞了，是时候给它换个新针头了。换针头时，固定可是个重要的环节，尤其是像麒麟这样的大型犬，它们稍微动一下，针头就可能移位，从而影响输液效果。

"先确认针头位置稳定，然后用纸胶带固定两圈，不要太紧，但也不能太松。接下来，在针头的尾部做个环绕固定，让它更稳固。最后，再贴一层自粘绷带。"我一边背着需要注意的要点，一边上手操作。这个步骤看起来不复杂，但实际操作起来可不是那么容易。举个例子，绑针头并不只是单纯地缠胶带，除去要考虑到的血管的位置、动物的活动度，最重要的是胶带的松紧度。如果绑得太松，针头容易滑脱。如果绑得太紧，血液循环会受影响。另外，由于毛发隔开了皮肤与胶带，有的时候你可能以为自己已经绑得够牢固了，但事实上并非如此，甚至可能是绑得非常松垮的。

为了避免这一情况，我会在绑之前先用一只手将毛理顺、压平后再将胶带绑上去——这些知识不是在学校，而是在这些天我一次次实践中掌握到的方法。麒麟在整个过程中都很乖巧,虽然它整体的身体状况仍然虚弱,但它没有挣扎,甚至还轻轻地舔了舔我的手指,像是在鼓励我。

麒麟,你在努力,我也会继续努力的。我笑着摸了摸它的耳朵,心里想道。

这一天,我见证了麒麟的进步。虽然只是很小的一步,哪怕只是前肢恢复了一点力气,但对它来说却意义非凡。麒麟的康复之路还很漫长,但我相信,只要它一直努力,我们也一直努力,它终有一天能重新站起来,跑起来,像其他的健康的阿拉斯加犬那样,奔跑在阳光下。

换完针头后,医院内也逐渐忙碌了起来。输液区的折叠笼子也一个个搭了起来,里面的动物们正安静地躺在垫子上,有的打着点滴,有的是刚打完点滴而依偎在笼子里休息。医生们来回穿梭,助理们则有条不紊地进行各项护理工作。

为什么我说助理的"主战场"在输液区,原因正是这个。在中处的工作一般来说五分钟内就能解决,且由于今天是周一,并不会有很多新的患宠来医院,但输液区可不是这样。

有的动物的病情可不是打一次点滴就能解决的，它们可能需要连续几天来医院打点滴或复查。还有，输液区的工作可不简单。除去要检查动物的状态、换药、监测点滴速度，偶尔还要去清理一下它们的排泄物，或者去中处帮忙抽血或者扎针。一整个上午，我几乎没有停下来过，端着药瓶和针管从一个病笼走到另一个病笼。等到短暂的空隙时，我才发现自己竟然连一口水都没喝。刚刚处置完一只猫，趁着一点点空闲时间，我站在中处内的一个角落里歇了一下。

这时，吕助理从中处旁边的药房里走出来，看见我站在一旁发呆，随口问了一句："累了吗？"

"还行。"我下意识地笑了笑，回答道。

说不累是骗人的，但这份疲惫更多是一种充实的感觉而不是倦怠。我从刚来诊所时连扎针都不敢下手，到现在能独立完成不少护理操作，这种成长让我感到满足。吕助理看了我一眼，也许是看到了我的笑，忽然问道："你在这里开不开心？"这个问题有些突然，但我几乎没有犹豫，脱口而出："我觉得挺好的。"

这句话可不是骗人。虽然每天的工作都很紧张，偶尔要面临来自患宠家属的压力，除此之外还要不断学习各种新知识和技能，但这一切对我来说都是成长。我喜欢这里的工作环境，喜欢和动物打交道，喜欢和同事们一起"并肩作战"的感觉。每次看到一只生病的宠物慢慢康复，看到家长带着它们健康回家，都会让我觉得自己微薄的努力是有意义的。

吕助理听了我的回答，笑了笑，语气半认真半玩笑地说："要不别回去了？"我愣了一下，随即笑出声："我还没毕业，还要回学校上学呢。"说是这么说，不过我还是没忍住想象了一下自己以后工作值晚班和猫狗们一起睡在医院的场景——半夜狗叫猫闹，还要晚上起来给输液动物换药。画面太真实和骨感，于是我再次没忍住笑出了声。吕助理也笑了，摆了摆手："行吧，以后如果想的话，可以来这里工作。"这场短暂的对话结束后，我们又各自投入工作，可那句"要不别回去了"却一直在我脑海里回响。如果是在刚开始工作的那几天听到这句话，我可能会觉得有点不知所措，甚至会犹豫——我真的适合这里吗？在学校里就听说过，宠物医院可不是个轻松的地方。除去要面对各种性情乖僻的动物，还要面对患宠家属们的情绪，甚至偶尔还会受伤流血。但现在，我认为我可以骄傲地说出——这里确实很累，但我就是喜欢这样的充实感。这里每天都有新的挑战，每天都能接触不同的人和动物，每天都能学到不同的知识。也许未来还会有更大的挑战，但至少现在，我真的很喜欢这里。

除去能学到知识，让我喜欢上这里的另一个原因是这里和谐的工作氛围。夏日的武汉可谓是"火炉"，虽然在空调冷气全开的医院里还算舒适，但忙碌了一上午，还是会让人背后有些发汗。像这种日子，会议室里吃午饭的二十分钟对我们来说就是为数不多的清凉时刻。今天午饭时，有位医生自费请大家吃西瓜，西瓜的清甜让人暂时忘却了工作的压力。趁着大家轻松地聊天时，我从包里拿出一包酒心巧克力，分给了同事们。这个酒心巧克力，是我前几天买的，为的就是分给大家，作为大家对我的照顾的感谢。为了避免一些问题，我提前向大家说明了这个巧克力是酒心的。"你不知道上班的时候不能碰酒精吗？"听过我的说明后，黄助理接过巧克力，笑着调侃道。

这点常识我还是知道的，就是为了避免这种情况出现，我才会提前向大家解释。于是我笑道："大家可以把巧克力拿回去吃啊。"说罢，我便把装有巧克力的袋子打开，放在桌面上。"以后还是别把这种巧克力带来了。"他一本正经地说道。其他同事听了都笑了起来，分别往各自的包里放入了几颗巧克力，唯独黄助理没有拿。对此我感到了一丝遗憾。

有趣的是，到了下午快下班的时候，我路过会议室门口,碰巧看到黄助理悄悄地从包里拿出酒心巧克力,自己吃了一颗。见此情景,我忍不住进入会议室调侃道:"你不是说上班不能碰酒精吗?"他嘴里含着巧克力,有些尴尬地说道:"这不是快下班了嘛……"

随后我们都笑了。之前会议室内的小小压力仿佛在这一刻一扫而空。工作虽然忙碌,但在这些日常的小小细节里,总会藏着一些让人会心一笑的瞬间。而这些瞬间,或许就是支撑我们在这条路上继续走下去的动力之一。

0808
代谢异味与生死边缘：实习中的酸甜苦辣
康复训练的尴尬时刻，暴躁斗牛犬的洗耳博弈

医患关系一直以来都是个很微妙的话题。前几天在院内发生的一点点小冲突至今记忆犹新，同时也对我造成了一点点心理上的负担。如果因为我的失误而被患宠家属指责我不会觉得他们有什么问题，但没有人想被骂。当然，如果不想被患宠家属指责，除去不犯错误做好本职工作以外，最好的方式就是减少与他们的交流。但一直逃避也不是个办法，锻炼自己的语言表达能力才是上策。在学校里，如果有的课程需要我当堂发表报告，我可以做到侃侃而谈，毕竟那是我的专业知识。不过与患宠家属交流，在发言前，可要考虑一下他们的情绪变化以及心理活动，这对我来说是个不小的挑战。

早会完毕后，我便一如既往地去输液区查看住院动物的状态。那只得了脊髓炎的阿拉斯加犬——麒麟，仍然侧卧在

它的垫子上,但能从它的眼神里看出,它已经恢复了一点精神。

一方面是由于它的前肢已经恢复了一些力气,医生说要开始做一些简单的康复训练,帮助它尽快恢复站立的能力,另一方面也是为了避免因长期未运动而造成的肌肉萎缩症状。脊髓炎的恢复是一个漫长的过程,尤其对于这样一只体型庞大的狗来说,让它的四肢重新协调运作起来并不容易。"来吧,麒麟,咱们今天锻炼一下。"大约是早上十点,忙完了住院区的一些琐事,我将它从笼内抱出,来到宽敞的中处前的休息区。我轻轻拍了拍它的脑袋。它看了我一眼,尾巴微微动了动,但没有太大的反应。

对后肢的康复训练的内容有几个要点,其中之一就是用外力让它的后肢进行伸缩运动。由于它后肢仍然力微,因此我让他侧躺后,对它的后肢进行了拉伸。虽然没有感觉到后肢有什么力量,但它也没有表现出多少不适感。经过约十分钟的训练,其实是我单方面的拉伸运动,这个环节便结束了。

让它稍微歇了一下,我们便开始了下个环节——站立训练。这个训练正如其名,需要锻炼它的双足站立能力。具体的操作就是用双手将它的上半身托起,让它的后肢呈站立状而前肢悬空呈直立状,随后慢慢减弱托起的力度,以此来锻炼它的站立能力。麒麟的体重不轻,即使现在瘦了一些,抱起来仍然要费一番力气。我扶着它的上半身,慢慢减弱自己的力度,直到找到能使它直立起来而我用力最少的力道,从而试图让它找到支撑的感觉。它挣扎了一下,勉强撑起后肢,但没过几秒,它便很快又趴了下去。

"再试一次。"歇了一分钟后,我再次托起它的上半身。这次它的后肢支撑得久了一点。看着它努力的样子,我心里有些复杂。虽然恢复的进程缓慢,但至少有所进步了。

就在我刚把它放下让它休息时,空气中突然弥漫出一股刺鼻的气味。我低头一看才发现,麒麟尿了。

而且,这尿的味道特别臭。不仅如此,由于我就在它的脚边,我还感受到了尿液散发出来的"热浪",这可不是什么很棒的体验。幸好提前在它的脚下放置好了尿垫,不然做卫生又得花费一番工夫。即便如此,我一时间仍有些无语,便轻轻叹了口气。

"这也太臭了吧?"一旁的熊医生闻到味道后,也忍不住皱眉吐槽道。

"可能是代谢的问题。不过也算是个好消息，说明它的排尿功能还是正常的。"我摸了摸麒麟的头，做出猜测并自嘲道。

自嘲归自嘲，残局还是得去收拾的。我拿来新的尿垫，把脏掉的那块换掉，又用装有消毒水的喷壶喷了喷地板，尽量去除那股难以形容的气味。麒麟趴在新的尿垫上，似乎对自己刚才的行为毫无愧疚感，甚至还冲着我舔了舔嘴巴，像是在说：辛苦了。对此我稍感无奈，于是轻轻摸了摸它的头。

这里是休息区，虽然今天人不多，但仍有一些其他的患宠家属出于好奇来这里观看情况，只是一分钟，麒麟旁边就围绕着一小圈人。等我忙完周围的清洁，正帮麒麟擦去它身上残留的尿液时，一位牵着小狗的女士指了指麒麟，好奇地向我问道："你好，请问它怎么了呀？"

如果要仔细解释脊髓炎，恐怕还没等我解释完，那位女士就要睡着了。"它是脊髓炎，刚住院的时候完全站不起来，现在前肢的力气恢复了一些，但后肢还需要慢慢康复。"我尽量避开专业词汇，简单地解释道。

"哦，脊髓炎啊……"女士点了点头，"那它能恢复好吗？"

"这个得看情况，"我如实说道，"不过就目前来看，它的前肢已经有了些力气，这是一个比较好的信号，现在我在给它做康复训练，让它的后肢不至于肌肉萎缩。"

"啊，那它好可怜啊。"女士叹了口气，眼神里带着些许怜惜。"嗯，不过它的状态比前几天好多了，我们会尽量帮它康复的。"说着，我接近麒麟身旁，想让它换个姿势。毕竟长时间保持同一个姿势可能会导致皮肤压迫性溃疡，所以要定期给它换个侧卧的方向。

"麒麟，咱们换个方向。"它听到我的声音，将头微微向我这边抬起，但由于没有力气，无法主动配合，看来我还是得自己动手。我先一只手扶住它的脖子，另一只手伸到它的腰部，稍微用点力，试图让它朝另一侧翻过去，同时也在提醒自己动作不能过大，不然它就要摔了。麒麟并不是一只小型犬，由于要考虑动作幅度，给它翻面这一动作比单纯托起它更让我吃力，因此我放下了它，调整了一下自己的姿势，换了个角度再次尝试。这一次，它终于被我成功翻了个面，换到了另一侧躺着。"这样舒服点了吧?"我揉了揉它的背。

麒麟懒洋洋地动了一下爪子,似乎对我的行为表示认可。那位女士在旁边看着,笑着说:"你们对它可真好。""这是应该的。"我笑着回答,"住院的狗狗,我们都会好好照顾的。""加油。"女士微笑了一下,带着自己的狗离开了休息区。

又训练了半个小时,我将麒麟抱回了笼子。回头看了一眼麒麟,它似乎有点疲惫,轻轻闭上了眼睛,像是准备睡一会儿。看着它的样子,我心里有些感慨。从刚注意到它,到现在前肢逐渐恢复力气,虽然还不能完全站起来,但它一直在慢慢进步。也许再过几天,它能靠自己的力量站起来,甚至迈出第一步。而我也在刚刚,完成了独自与顾客交流的第一步。

而在下午,我将面临一个比上午更加困难的课题。

大约是快下午五点的时候,正当我在中处内刚为即将完成一天的工作而松一口气时,中处的门被推开,迎面迎来了一个熟悉的身影——一只体格健壮的,名为"地雷"的斗牛犬。它迈着沉稳的步伐,显然对诊所的味道再熟悉不过。

而牵着它的，是一位操着武汉话的中年男性，他正是地雷的主人。他握着牵绳，神情有些不耐烦，看得出来他并不是很愿意带狗来医院。

我在之前也见过地雷，当时地雷刚做完耳部手术，需要每天对它进行洗耳，不过我之前都是在一旁观摩，对它上手操作还是第一次。虽然洗耳这件事，只要患宠家属掌握了要点，自己在家里也可以做，但由于地雷的耳朵就像它的名字一样，极其敏感，而这位中年男性又不想让地雷住院，因此每天下午，他都会亲自带地雷过来洗耳。也正是因此，为了安抚地雷的情绪，一般不让患宠家属进入的中处，我们也会破例让他进来。此情此景，让我想起了之前医院里遇到的，名为"大黄"的斗牛犬。

"医生，给它洗个耳朵。"他开口说道，语气里透着一丝不情愿。我看了眼地雷，它那双圆鼓鼓的眼睛正警惕地盯着我，尾巴也紧紧贴在后腿之间，显然，它就像巴甫洛夫之犬一样。只要来到医院，它就会知道一会儿将要发生什么。斗牛犬天生就有较强的防御心理，尤其是在被限制自由、接触耳朵或爪子的时候，往往会出现较大的应激反应。地雷的体型虽然不算大，但肌肉发达，且咬合力惊人。要是我不小心惹怒了它，这次恐怕真的要去打狂犬疫苗了。

"这孩子平时洗耳朵配合吗?"为了缓解愈加紧张的气氛,即使明知道答案,我也小心翼翼地问向它的主人。

"配合个鬼,每次弄耳朵它都要咬人。"主人皱了皱眉,用武汉话回答道,"上次在家,我刚拿棉球碰它的耳朵,它就差点给我手指咬掉。"

听到这话,我心里咯噔了一下,和一旁的季助理交换了一个眼神。像地雷这样有攻击倾向的狗,为了保证医护人员的安全,在洗耳朵时必须戴上头圈。由于一会要进行的操作是洗耳,因此与给其他动物带头圈的佩戴方式,即从颈部佩戴,将包含耳朵在内的整个头部隔离开来不同,得让它的耳朵单独从头圈与颈部连接处露出。由于动物会本能地将耳内的液体通过甩头来甩出,考虑到地雷的性格,一会儿的保定操作可将会是个难题。于是我径直向挂有头圈的架子走去,拿了个与地雷身材相符的型号的头圈。

"戴什么头圈啊?"正当我准备把头圈往地雷脖子上套的时候,主人立刻皱起眉头,脸上的不耐烦更明显了,"它又不是第一次来医院,不需要。"之前来洗耳时,它的主人也表达过这个疑问。虽然之前其他医生也让地雷戴上了头圈，但看样子它的主人对戴头圈这一行为仍颇有微词。"可它如果挣扎的话，我们很难操作。"我委婉地向它的主人表明了地雷潜在的攻击性，如果直接说地雷可能伤人，恐怕这位心情不好的先生就要借题发挥，怀疑医生们的胆量和水平了。

它的主人听后，表情并未缓和，显然他并不太愿意接受这个提议。"你们快点洗完不就行了？"他伸手拍了拍地雷的脑袋，似乎是在向我们证明地雷没有攻击性，也可能是在向我们表明他的态度。

气氛有些僵住了。我看了一眼地雷，它虽然还没有明显的敌意，但从它紧张的耳朵和绷紧的肌肉可以看出，它已经在警戒了。说它此时没有攻击性，这可真是个不好笑的玩笑。

为了避免气氛接着僵下去，我定了定神，换了种方式劝说："先生，其实头圈就像安全带一样，是为了预防意外情况发生，不是说地雷一定会咬人。但您也说了，它平时不喜欢洗耳朵，之前在家里还差点咬到您，我们这边的人手多，动作快一点，如果它配合的话，很快就能弄好。戴上头圈的话，您也可以更放心一些。"当时气氛紧张，虽然没记清楚原话，但意思是这样的。

主人沉默了几秒，眼神有些迟疑。一旁的赵助理见状，也跟着劝了一句："很多狗狗平时很温顺，一碰耳朵或者指甲都会变得很紧张。头圈不会影响它的呼吸和动作，就是起个保护作用。"地雷主人又沉默了一会儿，最后终于叹了口气："那就戴吧。"

得到了他的同意，我心里松了口气，随后立刻叫熊医生过来。面对地雷这种情况，得让一个水平比我高得多的人参与处置。就在熊医生保定好它，而我也即将把头圈戴好之时，地雷的小短腿突然挣扎，嘴里发出低沉的吼声。

"不行，它不喜欢。"主人又有点犹豫了。"没关系，我们慢慢来。"我安抚着地雷，将手背放到它的鼻子前，让它熟悉我的气味。等它稍微放松一些后，我才再次轻轻地把头圈给它戴上，确保它在咬不到人的前提下可以正常呼吸。

接下来的洗耳过程虽然地雷仍然有些不情愿，但在头圈的限制下，它也没有办法咬人，我们的操作因此也顺利了很多。熊医生固定着它的身体，我则一边用棉球清理它耳朵里的污垢，一边观察它耳道的情况。果然，它的耳道里堆积了大量灰黑色的、有些许异味的分泌物。仅仅是一天就累积了如此多的分泌物，怪不得需要每天过来洗耳。

我一边用清洁液冲洗耳道，一边轻轻按摩耳根。在熊医生的牢固保定下，地雷虽然仍会挣扎，但总体来说挣扎幅度不大。经过几分钟的"奋战"，洗耳终于完成了。我又拿了一些棉球擦干净它的耳朵，然后取下了头圈。等熊医生松开保定，它的第一个动作就是立刻甩了甩脑袋，把剩余的、耳道深处难以擦干的清洁液甩出来。主人看了看地雷，并没有表现出过度的不满。"行吧，你们这次还挺快的。"

地雷的洗耳风波终于落下帷幕，但明天，这样的情况也许会继续发生，回想着刚刚的场景，我感叹道。我们每天的工作不仅仅是治疗动物，更是一场场与宠物、主人之间的沟通与协调。在三方协调之中，自有无尽奥妙。

0809
低血糖危机与流浪救援：生命的韧性与温度
博美犬低血糖抢救，流浪狗来福的新生故事

  决定疾病的恼人与否，并不仅仅在于这个病造成的症状是否严重。我从小到大都没生过什么特别严重的病——印象中症状最重的一次也只是去医院钓了一整晚盐水就恢复了。而那些症状不算严重，但病情很长的疾病，也同样很令人烦躁——之前因荨麻疹而连吃三个月药，且每周都要去医院复查的经历，确实让我那段时间的心情变得很低落。如果要问我在何种情况下病人会更加烦躁，那肯定是身患那种症状严重，且病程较长的疾病了——这可不是个能让人笑出来的事情。

  今天是周三，并不是那种会迎来很多患宠的日子，甚至就连输液区也没有几只动物，这可是医院难得清闲的一天。就像是要打破这份宁静一般，一阵急促的脚步声突然从医院门口直奔中处而去。正在漫不经心地打扫本就是干净的输液区的我抬起头,看到熊医生怀中抱着一只博美犬,面色焦虑,正快步向中处走去。

看样子又来活了。意识到这点后,我紧跟熊医生来到中处。待他把博美放到中处的诊疗台上时,我才发现我之前见过它。这只瘦弱的博美名叫波妞,之前曾因低血糖来过一次,当时它陷入昏迷。那时经过一系列治疗,它的生理指标才恢复正常。可是今天,波妞的症状比印象中的上次要更加严重——除去身体稍显僵硬以外,它的嘴巴正微微颤抖,甚至有一些抽搐的迹象。经过便携式血糖仪的简单测定,确定了它现在正处于低血糖状态。

低血糖的诱因,除去营养不良以外,也存在激素调节能力下降的可能。如肾上腺皮质功能减退、生长激素或胰高血糖素分泌不足等,都可以导致血糖调节能力下降。如果是营养不良倒还算好治,一旦出现激素调节不良,治疗起来可是极其困难的。面对这样的危重病例,首先应该做的,便是让它的血糖指标重回正常。

"准备一下。"熊医生将处置单递给我。看了看处置单,看样子需要先给它打个留置针以方便后续输液。考虑到它的情况较为紧急,熊医生命令我去保定,而他则亲自上阵去扎留置针。

将保定好的波妞前肢递给熊医生，当前肢传来一阵因扎针产生的颤抖感时，我便明白留置针扎好了。可是仔细看过去，留置针的软管内并未流出预想中的红色血液。熊医生再一次尝试，仍然未见血，这时熊医生的头上开始流下汗珠。时间一分一秒过去，虽然波妞的情况没有恶化，但现状仍不容乐观。没有留置针，后续的一切操作都难以进行。

这样下去也不是办法，熊医生立刻将波妞的病情告诉其他医生。"先给它皮下补点液，再喂点糖水看看它的血管能不能恢复一点。"经过医生们紧急而短暂的会诊，熊医生冷静地总结道，"现在它的血管很瘪，等它的血管恢复后再扎。"我看着波妞，心里也有些紧张。它小巧的身躯仍然在颤动，即使是对医学一无所知的人也能看出它现在正处于危险的境地。

"波妞，别怕，马上就好。"我轻声安慰了一下它，随后便赶去药房。拿了一袋葡萄糖溶液，将注射器针头插进袋中抽出一管子并将其针头拔下，直接用针管将溶液往它的嘴里缓慢注入。糖水是为了快速给它补充血糖，帮助它缓解低血糖带来的症状。用注射器对嘴注入液体可是个技术活，一旦注射动作不当，溶液便会进入肺部，轻则造成咳嗽，重则诱发肺部感染。而无论轻或重，对现在的波妞来说都是致命的。但是，一次性可不能喂太多溶液，不然会加剧患宠肾脏的负担。

熊医生从中处的架子上拿了一袋常备的生理盐水，挂上了点滴管和输液管，连接好了头皮针和输液泵，排完空气，并在预进针的波妞背部消毒完成后，将针头扎了进去并用纸胶带固定好。一套动作完成仅花费了不到一分钟。

将波妞暂时送到输液区后，它的身体仍在微微颤动，显得十分虚弱。看着它无神的双眼时，我心里涌起一阵紧张感，这样的紧急处置只能起到很有限的作用。由于皮下注射药物的起效时间在绝大多数情况下比静脉注射起效时间长，而动物静脉注射药物的必备装置——留置针无法进行包埋，因此接下来的半小时至一小时内，将会是波妞生死存亡的关键。在这期间，助理们必须慢慢喂波妞糖水，并时刻观察它的状态。

幸运的是，在接下来的半小时内，能观察到波妞的症状有所缓解，看样子是时候给它包埋留置针了。为了避免环境变化造成的应激反应，我们决定在输液区就地给它包埋留置针。我轻轻将波妞从笼子内抱出来，用双手轻轻保定好它的身体。而就在熊医生即将进针的一瞬间，波妞的身体突然剧烈抖动了一下，针头便偏离了目标，万幸还没有扎到波妞。

"它动得太厉害了！"见此情景，我多少有些着急了。"别急，我们再试试。"说罢，熊医生便深吸了一口气，调整好位置，再次准备给波妞插针。为了不辜负他的努力，我也在暗中加大了保定力度。在扎进去的一瞬间，我感受到了波妞前所未有的挣扎力道。虽然扎入后，波妞仍在不断挣扎，但随着钢针的拔出，我们终于见到了流入软管内的血液。成功将留置针固定好，并将接有生理盐水的头皮针连上留置针，我总算能松一口气了。

可是一波未平一波又起，看样子波妞依旧感到不适。只是短短几秒，它就将接有盐水的输液管在自己前肢上绕了好几圈。它似乎完全没有意识到自己正处在一个危急的状态，反而更加焦虑地挣扎着。每一次它的身体一动，输液管管道就像是被乱拉的线团，乱得一塌糊涂。

一旦输液管管道开始变乱，输液泵便会监测到管内的压力变大，从而停止输液。见此情景，我急忙将笼子打开，理顺了管道，但这本质上是治标不治本，刚理顺了管道，它又开始挣扎了。离注射的生理盐水发挥显著作用还得一段时间，此时我急中生智，再次用注射器喂给了它一些糖水。当开始轻推注射器活塞时，波妞低垂的眼皮微微动了一下，像是意识到有东西进了嘴里，嘴巴轻微地动了几下。随着糖水的进入，波妞的焦虑症状逐渐缓解，虽然仍然有些微弱的颤抖，但它的身体终于不再像之前那么剧烈地抽动。我抓住了这次宝贵的机会，终于将管道再次理顺了。

为了防止意外情况，我仍在波妞旁边观察。又过去了十几分钟，波妞的症状终于逐渐稳定下来。虽然它还是很虚弱，但已经不再像刚才那样一直抽搐，而是沉沉睡下。虽然隔着一个笼子，没办法抚摸它，但我心里在此刻才着实松了口气。

波妞的危机暂时解除了，不过此时，就在我们不知道的地方，有一只可怜的流浪狗，正面临着生死存亡的危机。

这个故事就发生在波妞睡着后的大约第十分钟。就在我忍不住准备打开笼子摸摸波妞时，大门口传来一阵狗吠声和嘈杂的人声。啊，恐怕又是医患纠纷吧，现在也没什么特别的事情，总之先去看看那边是怎么回事。带着一半"看热闹"的心态，我快步走到了门口。

门口的景象确实有点令人费解：一个穿着城管制服的中年男子手中拽着一只网兜，似乎正在解释向医院内的医生们解释着什么，网兜内有一只正在发出低低的呜咽声的，看起来很像杜宾犬的犬，一旁站着的是一位年轻的女士，她情绪激动，但似乎不是在发表不满。在宠物医院里，我们能见到许多不同的人。有打扮华丽的贵妇，也有幸福的夫妻。不过城管穿着制服带着狗来这里，这种情况还是我第一次见。

"请帮忙检查下它，我实在舍不得它被抓走。"那位情绪激动的女士边说边喘气，显然是拼命奔跑赶来这边的。我定了定神，观察了一下那只杜宾犬：脏乱，毛发粗糙，情绪紧张，眼神中充满了恐惧。它在网兜里时不时挣扎一下，又很快放弃，似乎意识到自己的命运已被牢牢掌控。

"它怎么了？"在一旁的熊医生问道。女士擦了擦额头的汗水，眼里满是焦急："它是城管抓的流浪狗。我看到它被抓，心里不忍。它这么可怜，被抓走了肯定没什么好下场，所以我们就带它过来了，希望能帮它做个检查。"

听完女士的话，我心里一紧。流浪狗的命运往往非常悲惨，它们一般不能得到及时的照料，且在绝大多数情况下它们最终会被安乐。这只犬的体型很大，但如果对其放任自流，将会对城市治安造成极大威胁。而这只流浪狗，似乎是幸运的，能在即将被安乐的时候被救下并带到医院进行检查。

经过一番交流，我们明白了这只犬的艰难处境。现在要做的便是将它从网兜中取出。考虑到它可能有较强的攻击性，我们决定使用防咬手套。防咬手套是防止动物因为过度紧张或恐惧而做出攻击性行为所必备的工具。从中处拿了两双防咬手套，一双给了熊医生，另一双我自己戴上。我小心地从城管手中拿下网兜，在与熊医生确认好时机后，我将它从网中放出。见网兜被松开，它突然从里面跑了出来。说时迟那时快，熊医生立刻将其身体抱住，而旁边的黄助理则趁机给它戴上了头圈。发觉自己的自由再次受限，它开始用力挣扎。我见状立即去帮忙，根据在学校学到的知识将其放倒。可能是过于恐惧，这只犬开始排出黄绿色的粪便。由于它的情绪过于激动，我们不得不对其肌肉注射镇静剂。注射后的十秒，它的挣扎力度开始减小，但未睡着。

它看起来有些瘦弱，可能营养不良。在参与保定时，我用手摸了摸狗的肋骨，能明显感受到它的骨架。它的毛发看起来脏兮兮的，应该已经好久没得到清洗和护理了。流浪狗的生活条件常常非常恶劣，它们很难像家养犬那样拥有定期的食物和水源，大多时候甚至连最基本的生存条件都无法满足。它们需要面对的是饥饿、疾病，甚至是人为的伤害。

考虑到这只流浪犬可能有隐藏的、随时可能危害性命的伤势，我们决定先对它进行 X 光检查，之后再进行缴费。在 X 光检查台上，它依然在治疗台上发抖，眼睛四处打量，耳朵不停地动弹，身上的脏毛因紧张而粘在了一起，但它没有挣扎，似乎只是因为对新环境的不适而深感恐惧。

经过短暂的 X 光检查，我们并未发现它的内脏有什么异常，骨架也没有任何骨折痕迹。虽然它非常瘦弱，但至少没有出现急性的内伤。这对于一个流浪狗而言，无疑是非常幸运的。

接下来要给它接种狂犬疫苗。在接种前，需要对它建立档案，这就需要这位女士给它起个名字。经过一番短暂的思考，这位女士给这只可怜的犬起名为"来福"，寓意为希望它的未来充满福气。尽管它曾经漂泊在街头，经历过无数的艰难时光，但它依旧坚持了下来，最终迎来了一个温暖的家。

不是所有的流浪动物,都能像来福这般幸运,但在这个瞬息万变的世界里,每一条生命都值得被尊重和守护。今天的这个小小经历,不仅仅是它自己的故事,也是每一个关心它的人的故事。希望来福的未来能充满光明。

0812
钢针入喉与暴躁猫患：急诊室的极限挑战
犬只误吞钢针急救，凶猛猫咪Monkey的清创之战

我不是很喜欢吃鱼，尤其是那些刺很多的鱼。原因显而易见，就是怕被刺卡住喉咙，事实上我也确实被卡过几次。印象最深的一次，家里人用口腔镜看了两个小时才用镊子将那个已经被血染红一半的，约7mm长的弯刺从我喉咙里取出。而今天遇到的病例，远比上述情况危险。

虽然今天要上到晚上八点，但每到下午六点之后医院里的顾客都会变得少起来。如果日子凑巧，甚至会遇到连输液区都没有动物的情况。即使不是这么凑巧的日子，大家也会趁这个时间稍微松弛一会儿。毕竟今天是周六，算一周中最忙的一天了。正当我吃完晚饭，准备前往大厅的售货机买杯饮料时，门外突然传来一阵急促的脚步声。随之进来的是一位中年女士，她的眼神中透露着紧张和急切。

"它好像吞了一根针，现在它不吃饭，还在吐血。它平时就爱啃东西，今天我没注意到它居然把那根穿线针吞下去了！"她的发言宛如连珠炮般，表达出她焦急的情绪。

我迅速转身向她走去，只见她怀里抱着一只小型犬。狗的体型不大，看上去还算健康，但它的身体在不断颤抖，嘴角流出的唾液里混杂着一丝红色。除此之外，它的脖子保持僵直，不愿弯曲。似乎意识到自己的喉咙内有一个不妙的物体，它的呼吸开始变得困难。

"好的，我去叫医生进行检查。"快速判断了一下情况后，我立刻去找熊医生。听闻情况后，他立刻拿上了口腔镜前去诊室，一同前往的还有我和黄助理。

将犬放置到诊室桌面上，它后肢随即蹲坐，前肢却未弯曲，仍支撑着桌面，看样子它并不希望自己喉咙里可能存在的异物再次刺痛它。短暂讨论后，我们决定好分工。我保定好它的后肢以及身体，黄助理将它的口张开并用手机打光以便检查，而熊医生则开始用口腔镜对其喉咙进行检查。别看它现在很乖，只要黄助理将其口张开，它便会开始挣扎。而熊医生时不时碰到它口中敏感部位时，它便会开始用力做咬合动作。有好几次差点咬到熊医生。由于它极其不配合检查，熊医生并没有在它的喉咙处发现什么异物。可能是钢针已经被吞进胃里，也有可能是其他原因导致其变得狂躁，因此我们决定先对它进行X光检查。"准备去拍个片。"听闻此命令后，我即刻前往X光室去准备拍照，而熊医生见其极不配合，在与其他医生商量，权衡利弊后，决定对它使用麻醉药。

黄助理此时仍在诊室内安抚这只可怜的小狗："没事，别怕，我们马上就可以帮你。"狗主人仍在它身旁，显然因为心急而显得有些焦虑。她双手紧握拳，眼中满是无助。黄助理见状，即刻去安慰道："我们现在给它做个X光检查，看看有没有针。"

由于打了麻药，拍片过程非常顺利，不到两分钟，我们便看到了那张X光片。在它的喉咙处，我们观察到了一个非常明显的细长阴影。很明显，确实有一根金属针卡在了狗的喉咙处，这根针还未进入胃部，因此事态还没到最严重的地步。目前还不至于要切开它的喉咙，不过若不及时取出，仍可能会导致严重的喉部损伤甚至窒息。

"针的位置已经确定了，还不算很深。"将它送回诊室后，熊医生说道，"准备一下镊子还有镜子，看看能不能把它取出来。实在不行就进行手术。"

黄助理点点头，转身便去准备工具。单纯取出针这个操作其实不算复杂，除去钢针对喉咙的二次伤害，真正困难的一是用肉眼观察到钢针的位置，二是有的麻药可能会麻痹犬的呼吸中枢，因此为保证安全，需要尽快解除它的麻醉状态。即使不会这样，也要在药效解除之前完成操作。毫无疑问，这是一场与时间的赛跑。

根据刚刚的分工，我们再次对它进行治疗操作。熊医生用一只手轻轻固定住狗的下颚，另一只手将口腔镜插入狗的喉咙，经过数次改变光照和口腔镜角度，再通过细致的观察，他终于看到了钢针的尖端。接下来每一秒钟的动作都要求异常精准，因此全场人紧张地屏住呼吸。熊医生并没有急于动手，而是反复确认钢针的位置，确保不会因为操作不当使其移动。

"视野还是小了点。"熊医生低声说道。时间一点一点过去，麻药的药效也逐渐减弱，已经能感受到它微小的挣扎反应了，显然，剩余的时间已经不多了。"好，我要将针取出来了，别让它动。"熊医生缓缓将镊子深入，就在感到他夹住什么东西的时候，我保定着的犬突然开始用力挣扎。

下卷：生命课堂——治愈、告别与未完成的答案　　　151

虽然麻药药效仍在维持，因此挣扎力度相对来说算小的，但很明显，留下来的时间已经所剩无几了。为了不让之前的努力付诸东流，我一边在心里向这只犬道歉，一边加大力度保定，没有让它活动半点距离。随着镊子一点点移动，犬的挣扎力度也越来越大。终于，随着镊子从它口中完全取出，熊医生在第十分钟左右的时候，成功将带血的钢针从狗的喉咙取出。虽然操作过程颇为艰难，但通过大家的协作，终于顺利完成了这次操作。

"成功了。"熊医生松了口气，轻轻拍了拍狗的头，"它很勇敢，没事了。"此时狗也从麻醉状态缓过来，似乎是感觉到异物已被去除，它终于弯下了腰，趴在了桌子上。它的主人此时显得无比激动，眼神中满是感激："谢谢，谢谢你们！你们真是太厉害了！"

虽然取针的操作结束了，但仍然有问题等着它。由于钢针已对它的喉咙造成一定损伤，接下来就要防止伤口出现感染。因此医院又给它开了点抗感染的药，并让它先禁食禁水半天。

"真的帮大忙了，谢谢你们！""接下来再吃几天药应该就没问题了，如果有问题及时过来。"我微笑着回应了一下。

随着她带着狗离开医院，我们再次松了一口气。大家忙碌了一个下午，终于在即将结束时迎来了这场紧急救治的胜利。

也许最近湿热的天气所致，很多动物的攻击性都变得更加强烈了。为了保护自己的那一块独立的小世界，它们有自己的脾气，这些小脾气有时让人忍不住心生怜爱，而有时也让人感到无奈。今天晚上，医院就迎来了这样一只令所有人感到棘手的猫，它名叫"Monkey"。没错，不是 Money 而是 Monkey。虽然给猫取这个名多少有点微妙，不过这里就先不吐槽这个名字了。

Monkey 是一只毛色灰暗，身材瘦小却异常凶猛的猫，腿部有一道很长的划伤。每当除主人之外的人靠近它，它总会用尖叫声和撞门的动作宣告它的不安和敌意。即使不靠近它，它仍在时刻警惕着周围的一切，简直就像一颗定时炸弹，随时可能爆发。即使在输液区，也能听到它从诊室里发出的尖叫声。

"小心点，它今天情绪特别差，别让它伤到你们。"我刚进诊室，看看有没有什么能帮忙的，便听到 Monkey 的主人这样对医生说道。它的主人是一个看上去非常和蔼的中年男子。此时我还没意识到，接下来我以及许多医生和助理，将面临一场"战斗"。

接下来要给它做清创手术，我们得给它包埋留置针以便进行静脉注射。由于 Monkey 极其不配合，包埋工作便交给了王医生。他是位非常有经验的医生，面对难缠的动物，他总能冷静又高效地进行处置。

然而，面对这只充满暴躁情绪的猫，今天的"战斗"似乎并不那么简单。无论是谁，靠近 Monkey，它都会立刻露出牙齿，伸开爪子，随时准备迎接挑战。即使身处笼子里，想要接近它也非常困难。经过一番讨论，我们决定强行把它从笼子里抱出来。

首先为了让它放松警惕，我们用一张不透光的毛毯将整个笼子盖住。一盖上毛毯，Monkey 立刻变得安静了起来。到此为止都还算顺利。接下来，王医生将手戴防咬手套，并拿着一个毛毯，将毛毯伸进笼子里并把它包好并将它抱出来。

可就在笼子打开的一瞬间，似乎是察觉到了光线的变化，Monkey 立刻发出尖叫，并不断挣扎，就连笼子也被敲击得发出阵阵响声。面对逐渐靠近的毛毯，Monkey 开始在笼内四处逃避。虽然王医生技术了得，但手戴厚重的防咬手套，限制了手指活动的精密性，再加上还需要用毛毯包住Monkey，即使笼子很小，整个抓捕过程也变得极其困难。

"它情绪太激动了，不好接近。"黄助理看着它，皱着眉头说道。他和我一样，已经看出了这只猫的脾气。此时由于Monkey的挣扎，诊室内的空间内正飘散着许多猫毛。再这么下去，医生们即使不会受伤，也会被Monkey折腾得精疲力竭。除此之外，Monkey的挣扎活动也可能对它自己造成伤害。

"给它打麻药。"沉思片刻后，他迅速下达指示。

整个诊室内的气氛瞬间变得严肃起来。一般情况下，不到万不得已是不会对手术之外的动物进行麻醉的。看样子已经到了这个"万不得已"的情况。当然，对这样一只难以接近的猫进行麻醉，仍需要提前做好分工：黄助理将戴好防咬手套，并用毛毯将Monkey逼到笼子角落；我则稳定好笼子，防止笼子震动；王医生则趁机从笼子的缝隙中将麻药肌肉注射进去。

分工完毕，接下来就是操作了。黄助理的手伸进笼子，见到又有陌生人的手进来，Monkey再次开始尖叫，并不断在笼子里跳跃。我则用力将笼子按在地板上，保证笼子不会倒下。"抓到它了！"经过一番"搏斗"黄助理总算在狭小的空间里将 Monkey 逼到了角落。逼到角落的猫，会做出比平时更加猛烈的反击，此刻的笼子开始剧烈震动，有好几次我都差点没按住笼子。

也许是为了积累力量以备接下来的反击，Monkey 剧烈挣扎了约两分钟后，终于停了一下，但它发出的粗重呼吸声，仍让我们感到一丝紧张。这是个千载难逢的好机会，王医生趁机将麻药针头扎进了 Monkey 的后肢。就在针头扎进去的一瞬间，Monkey 发出了前所未有的惊叫，并再次开始剧烈挣扎，挣扎力度之大，恐怕不用蛮力是无法停下它的。但好在针头未脱落，麻药顺利地被注射进去了。

注射后又过了半分钟，盘算着麻药应该已经起效了。正当我们松一口气，准备将它抱出来时，没想到 Monkey 又开始尖叫并挣扎了起来，它甩动爪子，甚至尝试摆脱束缚。它的肌肉依然有着强烈的反应，仿佛想要再次发起反击。显然，麻药并未起到预期的效果。见状，我们只好接着加大药量，直到注射了三针麻药后，Monkey 才终于不再挣扎。

终于，在经过约十五分钟的努力，Monkey 的留置针终于成功地安装好了。它的身体依旧处于麻醉状态，但似乎并未完全进入休眠状态，偶尔还能看到它不安的眼神扫视着四周。接下来就是进入手术室，进行清创手术了。就在即将进入手术室时，Monkey 的主人走了过来，看着它安静的样子，终于露出了放松的表情："谢谢你们，它总是这样暴躁，一定给你们添了不少麻烦吧。""没关系，它很有活力。"王医生温和地回应道。

当 Monkey 送入手术室后，我的心情也不由得放松了许多。看着诊室内满地的猫毛，仿佛刚刚的"战斗"只是一场梦。尽管 Monkey 充满攻击性，尽管它的情绪时常波动，但它依然坚强地与痛苦战斗着。希望它能够早日康复，安心拥抱这个世界。

0813
金毛的告别与黑豆的挽歌：生命的终点与起点
恶性肿瘤犬的离世，肾衰竭泰迪的临终关怀

接下来要讲的，是一个很沉重的故事。虽然在医院内工作，迟早会遇到事关生离死别之事，但当这样的事真的到来之时，事前做再多的心理建设，都很难完全保证自己不被那个悲伤的氛围感染。

中午虽然没有太阳，但厚厚的云层使这个午间变得更加闷热。在文学上，天气的变化等环境描写有营造情感氛围的作用。虽然从现实角度来说，坏事不一定伴随着坏天气，但一旦自己的心情变得差劲，再好的天气在眼里也将变得不是那么明媚。而悲剧就发生在这个没有阳光，空气湿热的沉重气氛里。

听到门口传来嘈杂的人声，我便知道又要忙起来了，于是前去大厅。一进来就看到熊医生在给一只金毛做心肺复苏。甚至一旁还有两个氧气瓶。看它的体型，这只金毛大概二十千克，它的右后肢上有很大的脓包。事后才知道，那个脓包是一个巨大的骨肉瘤。肉瘤属于恶性肿瘤，这只金毛以前也因这个病来过，当时医生给出的建议是将右后肢截肢，但不知道是什么原因，这个手术最后没有做成。就在刚刚它的病情突然恶化，于是它的男女主人开车将它紧急送来了医院。

送到医院时，它已经没有意识了。为了检查肉瘤情况，我们将它带到了 X 光室，做了 X 光和 CT。在搬运过程中，我能很明显地感受到，它的身体非常重，看样子平时获得了主人们不少的关爱。拍完片，做完 CT 后，它便紧急送往手术室抢救了。

回到猫输液区工作后，我祈祷这只金毛能挺过这一关。但奇迹还是没有发生。就在它进入手术室后半小时，熊医生便从手术室里出来，叫上了我一起去手术室里把金毛搬出来。进了手术室后，能观察到本应连接在它身上的各种仪器设备都被撤了下来，就连给术后动物解除麻醉的生理盐水也没有给它接上，很明显，它已经去世了。

医生似乎还有一些善后工作要和它的男主人交代，因此男主人此时不在手术室外。我们将它的遗体抬到了手术室外的中处的处置台上，而女主人就在中处。她戴着帽子和墨镜，轻柔地抚摸着它的嘴和毛发，没发出一点声音，似乎这只金毛只是睡着了。而仔细观察她的脸颊，可以从其脸颊观察到大颗大颗的泪滴。见此情景，我也只能在一旁站着。像这种时候，虽然我很想安慰，但此时无论说什么话，都可能对患宠家属造成刺激，此时沉默不语才是上策。但如果把女主人扔在一旁，似乎又显得很没人情味。因此我便双手放在身前，站在她身边，尽可能不去加深她的悲伤。

待男主人与医生交流完，拿好车后回到手术室前，我主动请求和他一起将金毛的遗体送到车上："如果可以的话，请让我帮忙把它送到车那里吧。"他们同意了。打开后备厢，将它轻轻放入其中。"谢谢你。"男主人带着颤抖的声音向我道谢。这个道谢完全在我意料之外。在我原本的设想里，金毛的主人也许会向我宣泄愤怒，可是他们并没有这样做。即便强忍着悲伤，也要向帮助过他们家人的人们表达谢意。这样的精神令我感动，于是我便稍稍向他们点了点头后，回到了医院。

这件事属于我实习以来遇到的最为悲伤的故事了，对此我并不想过多提及。祝愿那只金毛能够安息。

在医院里，总有一些突如其来的惊险时刻，而只要我们坚守在这里，我们就会守护每一个需要救助的生命。即便希望渺茫，我们也会拼尽全力。

还记得黑豆的故事吗？它是一只很小的黑色泰迪犬。相比于在家中，它似乎更喜欢医院的环境。每次见到医生和助理们，它都会上前，亲切地接触我们。就在今晚，我再次见到它的主人——那位穿着华丽的老妇人带着它过来玩。说是玩，其实是因为它在家还是不愿意吃处方粮，所以才过来让医生们喂它，而医生们也很喜欢它。

由于我以前从未见到如此喜欢我的小狗，因此我对它印象深刻：黑亮的皮毛，略微竖起的耳朵，但眼神却不似往常那样活泼。它的步伐相比上次见时变得迟缓，似乎每走一步都需要更多的力气。那一刻我隐隐感到，这只狗的身体似乎承受着巨大的压力。

通过向熊医生询问才知道，它早已被诊断为四期肾衰竭，症状已相当严重。听到这话，我的心里变得有些沉重。四期肾衰竭，意味着黑豆的肾功能已几乎完全丧失，必须通过特殊的治疗和细致的护理来维持它的生命。但即便如此，活下来的概率也十分渺茫。虽然宠物主人的表情上并未流露出不安，甚至还在与熊医生唠家常，但谁都知道，此刻心里最难过的，就是黑豆和它的主人。

也许是了解黑豆的病情，它的主人并没有让它接受痛苦的透析或手术，而是选择了相对不痛苦的保守治疗、输液和药物来延缓它的病情发展。它的臂头静脉已经扁到几乎看不到了，因此全院只有黄院长有能力为其包埋留置针。这次黑豆来医院，我能明显感觉到它眼中的那份疲惫，仿佛每走一步都需要极大的勇气和决心。它显然已不再像以前那样活泼好动，现在我向它伸出手背，它已经没有力气去伸出爪子了，只能用自己的脸在手背上蹭一蹭。

为了帮助它保持体力，当初医院里给它开了一些处方粮，并建议将粮兑水以便其消化。可即使是这种容易消化的食物，黑豆还是拒绝了，看样子它根本不想吃东西，即使主人强行喂食，它也会不断挣扎。但神奇的是，只要黑豆来医院，它就会老实地吃下医生们用针管喂的食物。就连我喂的食物，它都会乖乖吃下。

为了鼓励黑豆在家里进食，院内以前也尝过一些不同的方式，尽量让它习惯这些食物的味道，并且逐渐增加喂食量。不过收效甚微。不仅如此,由于它不愿进食与饮水,因此需要靠输液来维持身体的水分,这条输液管,便是连接它和生的希望。

现在它每两天来医院一次,虽然黑豆的治疗过程仍然艰难,每一次的治疗都可能是生死一线,但它的生命之火始终没有熄灭。在经历无数次事关生死存亡的危机,黑豆依然顽强地活着,证明着它生命的坚韧与力量。每次它来医院,我们都为它竭尽全力,尽自己最大的努力去帮助它渡过一个又一个难关。也许它的路依然漫长且艰难,但我相信——不如说我愿意相信,只要有爱与坚持,它一定能迎来属于自己的奇迹。

0814
轮椅上的尊严：记录瘫痪犬的一次复诊
麒麟轮椅调整，Monkey的清创与主人的陪伴

虽然昨天的故事很沉重，但医院里也不是每天都会遇到这种生离死别的情况。今天的故事就还算轻松。一遇到这种轻松的故事，就连天气也变得好了起来，昨天一整天都没见到的太阳，今天也从云层中洒下来了些许光线。

也许是见天气逐渐转晴，今天医院下午的顾客比往常稍微多一点，就连平时都不算忙的B超室，也偶尔有一两个患宠家属在外排队。正当我刚刚保定完动物，从B超室走出时，瞥了一眼门口，看到了一只熟悉的阿拉斯加犬慢慢走进来。我认识它，它就是麒麟。

麒麟这只阿拉斯加犬对我来说并不陌生。它曾经因脊髓炎被我们接诊过，我也给它进行过康复训练。医生在详细诊断后为它制定了长时间的治疗方案，经过一段时间的护理和

物理治疗，它的后肢逐渐恢复了力量，虽然还是无法站稳，但它的精神状态已经比先前好了许多。就在前天，它终于可以出院了。今天它来医院时，身上穿了个造型奇特的装置，那是麒麟的轮椅。

人的轮椅我们见过，但动物的轮椅可不是很常见的。犬的轮椅简单来说，就是个小型的，围绕它的腰部和后肢区域的开放式框架。框架上有绑带以固定犬的身体，后腿处的两根竖着的架子下连接着轮子以辅助后肢活动。由于麒麟的前肢已恢复力气，所以没有在前肢处安装轮子。

"这不是麒麟吗？"看到它主人牵着它进门时，我忍不住打了打招呼。似乎听见了熟悉的声音，麒麟的眼睛闪动了一下，朝我微微甩了下耳朵并摇了摇尾巴。麒麟的主人是一个年轻的女性，穿着简洁的T恤和运动裤，她和麒麟之间似乎有一种独特的默契，无论麒麟的身体状况如何，它的主人都一直在身边，陪伴它度过每一个艰难的时刻。

"你们都认识它啊。"麒麟的主人带着感叹的笑容转身看向我们，仿佛有些不相信自己的耳朵。"原来大家都记得它吗？""当然了，我还给它做过康复训练呢，那个时候它还尿了。"我笑了笑回答道。事实上，我不清楚其他医生和助理是否记得它,不过既然我发言了,便回答我所知道的就好。自从我给麒麟开始做康复训练以来,它不服输的精神和坚韧的性格,总是能够打动我,尤其是它的后肢恢复得越来越好时。渐渐地,它能够用后肢站立几秒的时间了,这对一只患有脊髓炎的犬来说,无疑是巨大的进步。

今天麒麟前来,主要是为了调整它的轮椅。尽管它已逐渐能自己站立,但由于步伐不稳,它的活动仍然需要借助外力来保持平衡,轮椅就是起到了这个作用。对轮椅进行一些设备上的调整,便可确保它适应麒麟的体力和平衡上的需求。

"其实我还挺惊讶的,麒麟在医院时一直在打吊针,大家却对它这么熟悉。"正准备给麒麟调整轮椅时,它的主人看着麒麟,眼神里满是宠溺,笑着对我们说道,"这让我觉得它并没有因为得病而被冷落,反而大家都愿意关心它。"

"当然了。"我回答道,"像麒麟这种坚强的狗狗,它来医院做治疗,大家也都会特别关注它。它的康复过程,对我们来说也是一种鼓舞。"

开始调整轮椅了,我们逐步测试了麒麟的体重和动作控制能力。麒麟的前肢还算有力量，但后肢就要非常注意了。它被轮椅架着，微微偏着头，静静配合着医生的操作。看到它乖巧的模样，它的主人眼中充满了温暖与自豪。

"麒麟，怎么样，舒服吗？"医生轻声问。麒麟用它那双褐色的眼睛看了看我们，虽然不会获得回答，但它摇了摇尾巴，似乎觉得在轮椅中更加舒适了。我们调了一下绑带绑定的松紧度，同时还调了后轮在架子上的高度，以便轮椅能起到支撑作用的同时，也能激发出它后肢的力量，便于后续康复。

每一次细微的调整后，麒麟都会轻轻试着移动它的身体，仿佛在测试轮椅是否更符合它的需求。看到它每一次尝试，我的内心都会有一丝触动。即使身体机能仍未恢复，但它每一次的努力，依然展现出生命的顽强。

大约十分钟过去，轮椅的调整已逐渐完成。经过最后的检查，确认一切都已经调整妥当，麒麟此时已然可以安然地架在轮椅上。它的尾巴也在微微摆动，似乎对这次调整感到非常满意。

"真是太感谢你们了。"主人感激地看着我们，"我从来没有想过大家会记得它，还会这么关心它。"调整完毕后，麒麟准备离开医院。临走前，它摇了摇尾巴，静静地注视着我们。它或许不懂人类的语言，但它那双眼睛传达出的善意，却让我深受感动。麒麟的故事，不仅仅是一个简单的病例，它的坚韧与努力已经深深扎根在了每个与它接触过的人的心里。而我们也会继续陪伴它，见证它一步步走向更加美好的明天。

而到了晚上，还有另一个艰巨任务等着我。那便是给Monkey清创。清创的目的就是清除伤口周围的脓液和坏死组织，防止感染的扩散。经过之前的手术，它的伤口已经缝合好了，如果保持护理，那么它的伤口将会向着小疤痕或无疤痕方向发展。而这前提便是每天都要给伤口进行清创。很不巧的是，Monkey 就是这样一只极不配合治疗的猫。

第一次见到 Monkey 的时候，它就给了我一种强烈的"不要靠近我"的感觉。它的目光犀利，身形紧绷，任何一丝动静都会让它进入高度戒备状态。尤其是当你试图靠近它时，它会发出尖锐的叫声。可能是之前的强行捕捉而带来的心理阴影，Monkey 现在只要是除主人之外的人靠近笼子一米内都会不停尖叫。为了不打扰到院内其他动物，医院不得不给 Monkey 的笼子上披一层不透光的毛毯，毕竟俗话说"眼不见心不烦"。自从披上了毛毯后，Monkey 便再也不叫了，可是一旦把毛毯掀开，那么它便会立刻尖叫并在笼子里用力跑跳。

考虑到 Monkey 的体质，为了清创而给它打麻药并不是个好选择。这一次，我们只能在没有麻药这一"外援"的情况下对它进行清创了，由于它强烈的防御性情绪，医生们都知道这将是一场考验。而听说 Monkey 不配合治疗，它的主人也在晚上来到了医院，看望它的情况。

此时的输液区仅有寥寥数个动物，因此区内三分之二的灯被关闭了。远远观察着输液区内 Monkey 的笼子，只见它的主人掀开毯子，轻轻将它抱了出来。它的主人是一位约四十岁的男子，正温柔地摸着它的头。安抚了一会后，他将 Monkey 送回了笼子里，并盖上了毛毯。

看样子 Monkey 的主人在它身边时，Monkey 的戒备心会大大降低，这可是个好机会。我和熊医生立刻上前，请求 Monkey 的主人在我们一会清创的时候帮忙抱一下它，他欣然答应了这一请求。

只见 Monkey 的主人将它再次从笼子里抱出，Monkey 也正安心地躺在自己主人怀里。就是现在。我和黄助理立刻上前，将Monkey的四肢固定起来。见自己又受到束缚，Monkey立即开始尖叫，并试图用自己的尖牙咬我和黄助理。由于它的身体在主人的怀中仍有很大的活动空间，而他的主人不忍心将它紧紧束缚住，它的身体便开始大幅度扭动，并曾一度差点摔到地上。如此大的反应，自然无法让熊医生对它进行清创。而要让它再次恢复平静，又要花费一小段时间。

就在这个等待的时间里，我们三人重新商量了一下方案。经过约一分钟的讨论，我们得出了一套方案：Monkey的主人先打开笼子，用另一个毛毯包裹住它的脸，让它失去对外界的视野。为了防止它因清创时的疼痛而挣扎，我和黄助理保定好它的四肢和身体。接下来，便在Monkey看不到外界的情况下，一边让它的主人用言语安抚它，一边让熊医生对它的伤口进行清创。最后再让它的主人将它送回笼子。这样一来，Monkey就会在全程看不到医生的情况下完成清创了。

又过了约五分钟，见Monkey已经有一段时间没有发出沉重呼吸声了，我们便开始了计划。根据我们的指示，Monkey的主人小心翼翼地为它的脸上裹住了毛毯。也许是笼子的门很小，操作空间受限，他花了约一分钟才将它从笼子里抱出。虽然它的头部并没有完全被包裹住，但它的眼睛确实已经无法观察外面了。我们小心翼翼地走向 Monkey，它似乎没有察觉到我们的接近，仍然在自己主人的怀里一动不动。

看样子这个计划很顺利。接下来我和黄助理轻轻将它的四肢保定起来。没有用力是为了不让 Monkey 发现异常。而熊医生也趁此机会用碘伏棉球对创口小心地擦拭。直到现在都没什么问题。

然而，就当熊医生的清创工作即将结束，还剩最后一点地方没有擦拭时，由于毛毯盖得并不严实，再加上为了方便清创而不断调整 Monkey 的角度而导致局部毛毯的移动，毛毯的一角滑落了，露出了它的头部。更致命的是，它的一只眼睛碰巧露出来了。

瞬间，Monkey 的情绪爆发了。它眼中的恐惧与愤怒几乎在一瞬间迸发出来，它猛地挣扎了一下，发出了一阵高亢的尖叫，四肢的力量似乎比平常更加强大。它疯狂地扭动着身体，发出尖锐的咆哮声。此时再盖上毛毯，也已经没有用了。

就只剩一点部位，清创就结束了，这里可不能功亏一篑。我和黄助理见状，立刻加大了保定的力度。但Monkey显然不打算轻易放过我们，它愤怒的叫声已传遍了整个医院。它拼命用力用爪子挥向接近它的任何人，甚至拼命向我们伸出头，想要撕咬我们。

"稳住！"熊医生冷静地指挥我们，"还有一点就结束了！"

而Monkey挣扎幅度远超我们想象。就在它即将因为用力过猛而摔向地面时，熊医生的清创工作完成了。见状，我和黄助理立刻离开它的视野，嘱咐好它的主人抱紧它，并得到肯定答复后，便即刻松开保定的手。松手后，Monkey虽然不再尖叫，但仍在自己主人怀里发出粗重的呼吸声。重新将它送回笼子并盖上毛毯，它的呼吸总算变得平稳，冷静了下来。

当我们整理好所有的器材和药品准备离开时，Monkey的主人也从椅子上起身，他的目光带着些许疲惫。他轻轻打开笼子，小心翼翼地摸了摸它的脖部，轻声安慰道："乖，听医生的话，很快就好了。"

"它真的是个脾气很大的猫。"黄助理笑着说。主人也笑了笑:"是啊,但它在家里可不是这样。它有点太胆小了。"

"每只动物都有自己的脾气,特别是像 Monkey 这样,经历过一些不愉快的事情,难免会变得格外敏感。"熊医生见状,便随即解释道。而看到 Monkey 的反应如此激动,它的主人决定直到它恢复,都将每天晚上过来陪伴它。

或许明天,Monkey 的情绪会有所缓解,明天它会对我们更加宽容一些。毕竟像这种动物,无论多么凶狠的外表,背后藏着的都是一颗脆弱的心。看着 Monkey 渐渐恢复平静,陷入沉睡,我心里默默祈愿道。

0815
冰箱里的药物与生命责任：细节中的职业素养
快速取药的逆袭，低分子量肝素的确认与反思

为了方便取药，在中处走廊里的手术室旁，医院安置了一个装满药物的冰箱。有的药物需要在低温状态下保存，例如狂犬病疫苗等。理论上这个冰箱还能放点其他东西，例如可乐，不过我还没见过里面放过药物以外的东西。这种冰箱就像是实验室里的微波炉，不是用来加热食物的，而是用来熔化琼脂以便制作培养基的。话说回来，由于这个冰箱里的药物种类过多，想快速从里面取出需要的药物，得费一番功夫去记住里面药物的位置。里面那么多药，可不是一下子就能全部记下来的。

说起拿药，我就想起医院里的慎医生，不过并不是什么很愉快的回忆。之前有一次，诊室里的慎医生要我去拿刀片，于是我便去手术室旁的准备间找了一下。准备间里器材很多，找了有一会儿才找到刀片，结果浪费了不少时间。

慎医生也没好气地说了我几句。由于是当着患宠家属的面数落的,那时我感到非常尴尬,也意识到自己对这个工作环境还不够熟悉。虽然只是一个简单的拿刀片任务,但医生的表情和话语让我反思了很久。"下次要迅速一些。"医生当时说的这句话,深深印在我的脑海里。从那时起,我便暗下决心,要提高自己的工作效率,不能再因为这样的小细节影响工作流程,尤其是在患宠家属面前。

今天的医院顾客并不算多,就在我路过中处门口的休息室看看有什么事可以做的时候,忽然听到中处传来慎医生的声音:"新来的那个,帮我拿一下丙泊酚。"

丙泊酚是一种常用的麻醉药物,在全身麻醉手术和CT等检查时常用到,之前我也见过医生们使用这种药物。由于这种药可能会对呼吸系统造成麻痹,因此除去要对动物生命体征进行监视以外,在解除麻醉前还要持续给动物输氧。我连忙赶到中处,注意到核磁共振室的门被打开了,而慎医生怀中保定着一只橘猫,桌上放着输氧用的插气管。看样子它正要被送去做核磁共振。

有一种说法,就是让有过失误的人再去做之前失误的事,那么那个人就不会失误。当我接到去取丙泊酚的任务时，虽然感到有些紧张，但更多的是一种准备好的状态。快速而准确，已经成为我内心的一部分，我知道只有这样，才能不再给医生和同事们添麻烦。

考虑到丙泊酚需要在15℃以下保存，所以最可能保存的地方就是手术室旁边冰箱。简单理了一下思路后，我迅速朝冰箱走去，心中不断提醒自己：动作要快，思路要清晰。虽然这只是一次简单的任务，但对我来说，这可是一雪前耻之战。

打开冰箱门，里面有很多的药物。由于冰箱门是玻璃制的，因此平时就知道里面装了很多药。但即使知道了这点，当打开冰箱门的时候，仍然被里面密密麻麻的药物量震撼了一下。要在这么多药物里快速找出丙泊酚，需要缩小范围。之前见过丙泊酚的容器，那是一支支装有白色液体的无色安瓿瓶；又考虑到丙泊酚需要保存在阴暗处，因此它很可能放在了冰箱靠里的位置。手指在药品上扫了一下，我便锁定了丙泊酚的位置，一切看起来都在预定的范围内。没有任何犹豫，我迅速拿起丙泊酚，关闭药柜门，几乎是用最快的速度走到医生面前。

"是这个吗？"我简洁地问道，并把药瓶递给慎医生。

他接过药瓶，检查了一下，然后点点头："很好，速度比上次快了。"

尽管只是一句简单的评价，但我心中却不禁感到一阵轻松。这下总算一雪前耻了。自己也从一个不太熟练的新人，逐渐向一个能迅速高效完成任务的兽医助理转变。

这次的成功，很大一部分原因是知道了准确的药名，那么，在信息模糊的情况下，又该怎么应对呢？

下午，阳光透过门洒进来，院子外面的街道上偶尔有车辆经过。偶尔传来几声狗吠和猫叫，宣告着今天的诊所气氛依旧平静。正当我准备在中处的角落里歇一下时，黄助理突然向我这边走来。不会是觉得我在这里偷懒吧。想到这里，我便立刻准备离开中处。正当我走到冰箱这里时，黄助理突然对我说："你在这里啊，帮我找一下'低分子量肝素'吧，熊医生正需要这个。"

看样子他刚刚并没有发现我在一旁"偷懒"，于是我便松了一口气。帮他找个药还是轻轻松松的，于是我便打开冰箱和他一起开始找。在冰箱底部我找到了带有"低分子量肝素"字段的盒子。找到了。我一边这么想，一边将盒子抽出。

可是抽出后我才发现，盒子上写着的是"低分子量肝素钠"。

低分子量肝素钠其实就是低分子量肝素的钠盐，简单来说两者是包含关系。不过当时我脑袋里还没转过来那个弯，心里想着"有没有可能有一盒药剂上面就写着'低分子量肝素'呢？"抱着这个想法，我又把整个冰箱看了一遍，不过并没找到其他带有"低分子量肝素"字段的药。

"你确定是'低分子量肝素'吗？"抱着疑问，我向黄助理问了一下。这一问，瞬间让他有了些迟疑。见他陷入思考，我将刚刚找到的"低分子量肝素钠"递给他："是这个药吗？"他看了看药名，可能脑袋里也没转过来那个弯，于是问道："没有其他的药了吗？""是的，名字带'低分子量肝素'的药只有这一种。以防万一，还是去找熊医生确认一下吧。"听到这样的回复后，他便前去诊室将药交给熊医生。为了确认我自己是否准确找到了药，我也跟着过去了。

当黄助理把药品递到熊医生手中时，熊医生看了一眼瓶子，随即点了点头，似乎也松了口气："就是它，没问题了。"他的语气稍微放松了些，但神情仍然专注。他忙碌了一会儿，便开始用药品为正在接受治疗的动物做处置。

整个过程,虽然没有任何问题,但复盘一下,何尝不能说这次拿药是一次"歪打正着"?作为兽医助理,甚至是医院里的一名普通员工,我们每时每刻都在面对细节和精确度的考验。有的时候,一些看似平凡的小事情,往往就是成功与失败的分水岭。今天这次小小的确认行为,让我意识到,正是这些工作细节积累起来,才能成就一次又一次无懈可击的治疗。

从冰箱拿出药品的那一刻开始,我们便承载了对动物与他们的主人们的责任。尽管我不是直接面对患者的医生,但我们每一个操作,都是患宠健康恢复的关键。每一个小小的误差,都可能是我们不可承受的重负。今天,我通过细心的检查,避免了可能发生的错误,这种坚持与责任感,正是一名兽医助理根本的职业素养。

我轻轻松了口气。此时输液区的输液泵开始报警,我便离开诊室,转身前去输液区给动物换药。虽然这个小插曲已经过去,但它给我的提示,依然在心头萦绕。

0818
手术室初体验：麻醉监护的生死守护
骨折犬的内固定手术，实习生的责任与成长

作为故事结局的高潮部分，当然得来点配得上这个高潮部分的矛盾冲突，不过这里是现实，并没有那么多的戏剧性。今天是我实习的倒数第二天。正想着"会不会有什么戏剧性的故事发生"时，熊医生便让我和他一起进手术室，一会要进行一个骨科手术。

手术室啊……嗯？让我进手术室？这可是个令人震惊的消息，至少对我来说是这样的。有关手术的各种操作，我当时在学校里也还没上过相关的课程。而且看这架势，熊医生让我进去好像也不是单纯地想让我在旁边观摩。在一个月前，我可没想到我还能进医院的手术室进行手术操作。都需要我做些什么？我能做好吗？抱着这样忐忑不安的心理，我做好消毒，和熊医生一起进入了手术室。

说起手术,大家应该不难想到"团队协作"这一关键词。事实上,不仅仅是手术实际操作中需要团队协作,医生们穿手术服的时候,也需要"团队协作"。穿手术服时,为了保证无菌环境,需要经过一个复杂的过程。医生们在双手消毒后,需要保持双手在胸前,避免接触非无菌物品;在那之后,由一位已经洗手并戴无菌手套的助手协助展开无菌手术衣,并让医生伸手穿入袖子。在助手系好手术衣的后腰带和颈部系带后,医生才会戴上无菌手套。换句话说,如果只有医生一个人,那么他连在无菌状态下穿上手术服都无法做到。看上去很简单的过程,事实上操作起来可不是那么容易。

这次的手术是要给一只腿骨折的小狗做内固定。由于骨折断面的形状还算规律,因此手术本身的难度并不高。而交给我的任务,就是给这只小狗通过实现包埋好的留置针注射丙泊酚来对其进行麻醉,并时刻监护它在仪器上的生理指标;在手术结束后,再立刻挂上事先准备好的生理盐水点滴以让它尽快解除麻醉。

很简单的任务,不过上了手术室就像是上了战场,一刻也不能松懈。将事先已经算好量的丙泊酚注射入犬的体内,一边进行推注,一边能明显观察到这只小狗的精神逐渐变得困倦。当注射到了需要的量之后,这只小狗也沉沉睡下。

熊医生和其他助理则趁机将其嘴张开并拉出它的舌头，接好输氧装置。经过一系列准备，手术终于开始了。

无暇去注意手术过程，我一直盯着显示有犬的生理指标的屏幕看。虽说一旦指标出现异常，仪器会自动报警，但谁也不能保证仪器会及时做出反应。要是指标变得异常而我却没及时发现，那可能就要出"狗"命了。抱着这样的心态，我将注意力全部转移至屏幕以及正在做手术的犬身上。此时这只小狗正沉眠于梦境深层，因此不会感到疼痛。这就是我另一个需要注意的点——个体差异，有的时候算准的量对不同个体的效果不同。可能这只小狗恰好对丙泊酚的抗性较高，要是手术做到一半它醒了可就不好了。如果麻药量不够，在它醒之前，它是会做出一些小幅度的挣扎动作的。这个时候就要补加麻药。正是因此，手术时才没有把连接有麻药的针管从留置针上取下。

幸运的是，麻药剂量并未出现问题。直到手术结束它都没有醒来。"结束了，把生理盐水挂上。"听到这个指示，我立刻将连有丙泊酚的针从留置针上取下，随后将事先准备好的，接有生理盐水的点滴从架子上取下。将点滴的头皮针内的空气排出后，我将其扎入留置针的针帽内，并迅速用纸胶带固定好。缠绕了几圈，确认固定完毕后，熊医生也将犬从手术台上抱下来，我将装有生理盐水的袋子从架子上取下并高举起来，以便生理盐水注入犬体内。将它就这样送到输液区，并将点滴接上输液泵后，这个手术总算告一段落。

将手术台收拾好后，我回到了输液区看了看它。它刚刚醒过来，似乎还没完全摆脱麻醉，在笼子里懒散地趴着，看样子并无大碍。这样就好，我在心里默默想道。就在刚刚，我完成了手术室初体验，虽然没什么特别的实感，但这对我来说可是一个成就，为此我在心里欢呼起来。

不过一整天不会一直遇到好事，特别对于黑豆来说。晚上，似乎是因为黑豆的病情又恶化了，那位老妇人开着车，又将黑豆送了过来。它趴在笼子里，一双无神的眼睛透着一股倦怠的神情，仿佛这世界上所有的疲惫都集中在它的小小身躯上。虽然医生和兽医助理每天都在为它的健康付出极多的努力，但它的病情始终没有完全得到缓解。

黑豆患的是四期肾衰竭，病程已经进入了晚期。虽说它已时日无多，但它的主人却从未放弃过它。只要是有空，老妇人都会带着黑豆在晚上来到医院。而每次负责给黑豆喂食的，正是熊医生。久而久之，那位老妇人便喜欢上与熊医生以及包括我在内的医院里的其他工作人员交流日常生活了。

这位老妇人家里平日里只有她一个人，她的女儿也因工作而早出晚归，基本上没有时间陪伴她。黑豆与其说是她在这孤独生活中的唯一朋友，更像是她的家人。

每次老太太来到医院要医生们帮忙喂食，她总是在我们给黑豆喂食时，笑着和我们寒暄。不过有一点是我们都是心照不宣的，那就是黑豆的病情。只要说出这个，气氛将无可避免地变得沉重下来。每次喂食完毕，老妇人都会让黑豆在这里多陪陪医生们。而在即将离开医院时，老太太总是会抬起头，向我们表达感激："谢谢你们，黑豆今天也很开心，真的麻烦你们了。"这简简单单的几句话，语气却是如此真诚。

她每次聊天时，都会聊到黑豆的过去。黑豆虽然只来到家中一年，但也陪伴她度过了很多孤单的夜晚。每当她谈起黑豆时，总是满眼温柔："黑豆一直都很喜欢你们，哪怕它现在已经没什么活力了，但每次来这里它都会变得开心。"有一次，老妇人的声音微微哽咽，仿佛连空气都变得更加沉重了一些。

今天晚上，老太太又带着黑豆来医院了。在助理给黑豆挂好点滴后，她便和我们开启了今天的寒暄："今天黑豆看上去有没有好些？"

其实明眼人都能看出，黑豆的精神状态每况愈下，就连我这个缺乏经验的新人，都能看出它的生命已是风中残烛。老妇人心里也很明白这点，她也知道肾衰竭是一个非常棘手的病。经过长时间治疗，仍然未见康复，随时都有可能传来不好的消息，这些残酷的事实重压在她的心头。但每当她看到熊医生和我们这些年轻助理们对黑豆的精心护理，与黑豆愉快地玩耍时，她的心里，多少会感到一丝安慰。

老太太在离开时，不同于以往，她突然转向我们，带着那种温暖的笑容，语气也显得格外感激："谢谢你们，真的很谢谢你们对黑豆的照顾。你们每天都这么辛苦，我都记在心里。黑豆能有今天，全靠你们的帮助。"

听闻此言，我心里充满了温暖。黑豆作为她的家人，重要性毋庸置疑，这样一位家人即将离去，对她来说无疑是一个重大打击。但即便如此，她仍然向我们表达出衷心的感谢，没有什么比这更温暖我们内心的了。

她说完后，转过身轻轻带着黑豆走向门外。我们每个人都知道，黑豆早已是她生活中的一部分，给予她温暖与力量,而我们,也在尽力帮助这份力量继续支撑着她。每一只动物的背后,都是一段动人的故事。这些故事中人们的情感将被串联起来,成为支持我们走下去的动力。

0819
最后的考验：独当一面的实习终章

黑豆的安乐与送别，实习的最后一日

黑豆去世了。

考虑到它的病情，这个消息到来得其实也没有那么突然。但早上惊闻这一噩耗的时候，我确实缓了一阵子才缓过神来。就在昨晚，黑豆的病情突然急剧恶化，当它再次被送过来时已经是回天乏术了。经历了一番宛如凌迟般痛苦的抉择，老妇人决定将黑豆安乐。当一针管纯白的丙泊酚和氯化钾被注射进去之后，黑豆的呼吸也从缓慢变得更加缓慢，直至停止。"它走得没有痛苦吧！……"见到黑豆安然睡去的样子，老妇人终于忍不住，哭喊了起来。而我能做的，也仅仅是伫立在她旁边一言不发，尽可能不去刺激她，减缓她的痛苦。

为了安葬黑豆，熊医生决定陪伴老妇人前去市郊的宠物殡仪馆。"接下来就交给你了。"早十点左右，熊医生嘱托完这句话后，便获得许可，与老妇人一同前往火葬场了。一去就得是一整天，也就是说，今天一整天，我都将在没有熊医生的指导下，对患病动物进行处置。对我来说，也许这就是最终挑战。

今天是周六，虽然十点之前门口还只有寥寥数人，但到了十点之后，院内人数便开始暴涨，即使是休息区也有数只动物在输液，而需要带到中处进行检查与处置的动物更是早已排上了队。眼见输液区内有数个助理在忙，而中处这里人员严重不足，我便立刻前去支援中处。

此时的中处只有三个助理，由于给动物进行处置至少需要两名助理，因此此刻偌大的中处，只能同时处置一只动物。见我来到了中处，正在一旁的黄助理立刻过来帮助我。看了一眼放在桌上的处置单，心里立刻开始盘算需要的器材。由于刚刚来的这只狗需要包埋留置针，在准备好器材后，我立刻开始对它的前肢进行消毒。放在平时，为了加快速度，我都会选择对动物进行保定工作，让比我更熟练的助理来采血。但今天，我非常想知道我到底有多少成长。"我来打留置。"简单的一句话，黄助理便明白了我所想。于是他笑着，将犬牢牢保定好。

成功将留置针一次性扎入，缓缓抽出钢针时，软管内流入了我所期望看到的红色血液，看样子我成功了。正当我打算缠绕一层纸胶带以固定时，犬突如其来的一个咳嗽连带着前肢震动了一下，将留置针的软管震出来半截。我试图将软管重新塞回血管，但塞回去的软管内并未流出预想中的血液，这说明这支留置针包埋失败了。

放在之前，我肯定会对此失败感到一阵巨大的压力。但现在，我的心里更多的是沉稳。"换另一条前肢吧。"在经过止血和用双氧水处理好血污后，我再次一次性地在犬的头静脉处准确地扎好了留置针。拔出钢针盖上肝素帽，并用纸胶带和绷带固定好，最后用通针确认了留置针的通畅。将犬归还给主人后，我即刻在处置单上签上了自己的名字。但没有给我喘息的时间，下一只动物已经在中处外等很久了。

到了中午，匆匆吃完午饭后，我便再次回到了中处。看样子今天有许多动物来做体检。看着空白的体检表格，我心里仍未感受到紧张，而是在心中默背着体检的各个注意事项。心跳数和心跳声、是否有眼耳鼻分泌物、皮毛状态、伍德氏灯检查结果、胃肠内容物性状等空白处，随着检查的进行一点点地被填写完。现在的我，已经能够准确地描绘出一只动物身体各处的生理特征了。

而到了下午,又有一两只狗过来打狂犬疫苗。根据疫苗记录本上的指示,我准确并快速地从冰箱中取出疫苗液,告知打完疫苗后可能存在的不适症状并指导宠物家属签字后,给它们成功注射了疫苗。就在刚刚注射完疫苗回到中处时,发现那里正好有一只狗需要采血。它的身形虽然很大,但血管并不明显。仔细找准了血管后,第一次扎下去,只有一点点血流到了针头内,过了一小段时间仍然未流出足够的血。考虑到再等下去,针头内的血液可能会发生凝固,我便取下针头,换了另一支针头在它的另一条前肢上进行扎针。这一次一针见血,很快便收集到了足够的血样。

今天一整天,似乎都没有什么特别的事件发生。硬要说有的话,便是"忙碌了一整天"。在忙完今天所有的工作,向院内的医生和助理们道别后,我走出门外,感受着武汉特有的夏风,我才意识到,对于每一个来到医院的患宠及其家属来说,来到医院接受治疗,无论是抽血,还是体检,或是打疫苗,抑或打吊针,这些无疑是"特别的一天中的特别经历",而这些"特别的经历"对我们医生来说,也只是日常的一些小小的事件。正因如此,我们医生才要对这个职业、对这些生命更加怀有敬畏之心。你的一个小小的举动,在那背后，可能就关乎宠物及其主人今天乃至今后的幸福。而我也将怀抱着这颗热忱之心，在今后的学习和工作中，在力所能及的范围内，将这双手伸得更远，全力救助每一个生命。

后话2

山中问诊：黄山上的"弹舌猫"问诊

爬山途中远程指导救猫，兽医的责任感与挑战

"有空去爬黄山吗？"月末的一个早晨，躺在床上还回味着匆匆过去暑假的我收到了胡俊亮发来的这样一条信息。胡俊亮是我的高中同学，与我关系甚好，每年寒暑假都会邀请我一起出去玩，不过请我去爬山还是第一次。虽然这个暑假很累，既去了医院实习又去了某个小学参与支教的社会实践项目，但如果不出去玩一下多少还是会觉得有些遗憾，尤其是在这个暑假余额已不到五天的情况下。"好的，什么时候出发？""后天下午在黄山北站见。"

到了约定的见面时间，我们在高铁站见面。在下榻的旅馆放下行李，在餐馆吃了点东西后便回到旅馆休息，毕竟爬山是件很消耗体力的事。由于我们计划在黄山山顶住一晚以便看日出，第二天早上六点，收拾好行李后便向山顶进军。

上午乘坐缆车来到黄山风景区，即使已经来到八月末，风景区内依旧人满为患。在步行了一上午，匆匆吃完自热米饭后，我们来到了西海大峡谷谷底。之所以选择这条路，是因为选择这条路登顶的人很少，而更重要的方面，则是胡俊亮的坚持："光乘缆车总觉得很没意思，还是得走这条路才有爬山的感觉。"由于他此前已经和他的大学同学爬过这条路，安全性上应该没有问题，因此我同意了他的想法，但此时我还没意识到，这条路有多么难爬。

仅仅刚开始爬半个小时，我的腿就感觉要撑不住了。虽说西海大峡谷并没有华山那样险峻，也不会出现那种一不小心掉下山崖的危机，但每级台阶目测有约二十厘米，这无疑加剧了膝盖的负担。又过了约十分钟，光靠登山杖已经不足以支撑体重了，于是另一只手也扶在了台阶上，成了真正意义上的"爬"山，说实话，这比横渡长江要累太多了。我此前从未有过这种经验，同时也是第一次有了减肥的欲望。

好在每隔数百级台阶就会有一个平台供人休息。好不容易来到了其中一个平台，刚想坐下来歇一歇，口袋里的手机就开始振动。打开手机一看，是徐老师发来的消息。徐老师曾在我学习的瓶颈期对我的英语学习提供了很多指导，至今我也很感谢她。

打开消息,消息内容差点让我惊出一身冷汗:SOS。不过转念一想,如果她真的遇到了危险,第一个联系的也不会是远在千里之外的我。"怎么了?"我回复道。几秒过去后,一段视频传来,视频中的小猫正在不断弹舌。"今天大雄在路上这样一直在弹舌头,不会是应激了吧,还是渴了?"大雄是徐老师养的一只猫,自从她知道我在宠物医院实习过,她就时不时找我来问一些关于宠物饲养的问题。

见到徐老师没有遭遇危险,我松了口气,随后开始思考小猫弹舌头的原因。一般来说弹舌头是说明喉咙里进了异物,这一点我在医院实习时有见过类似病例。"有可能是喉咙里有异物,或者说是被吓到了。""啊?那该怎么办啊?""总之先观察一下午,如果还有问题就去看医生。"不到两分钟,消息传来:"我把它抱起来了,还在抖,怎么办啊?"

虽说我很想让她把大雄直接带到医院,因为说不定真的喉咙里进了异物,而且我现在也很累,但还没完全尽力就让她去医院多少显得我很不负责任。此时我想到了另一个解决办法:"让它待在角落里,再用毛巾包住它,在地上铺一层浴巾效果会更好。"这个办法的来源,是我在医院里学习犬猫保定时，面对应激性较强的动物，熊医生告诉我的保定方法。

又过了两分钟："对对对，放座位下面就好点了。现在刚把它带到我住的地方去，回去以后适应需要注意什么啊？"我确实不想建议她立刻将猫带回去，因为这样会再次打破大雄好不容易才建立起来的安全感，不过考虑到在医院里也会有顾客提出各种各样的要求，在尽可能满足他们的同时提出解决方案，也是医生的义务，更何况她已经把大雄带到住所了，现在要想的是怎么解决目前的问题。"带上它平时用的毛巾，回去后让它先待在猫包里，毛巾也放到猫包里，如果要带它离开猫包的话，让它待在角落里，并注意保暖。"我立刻回复道。"它之前和兄弟姐妹一起没有毛巾，准备个新的吧。"

这又是个雷区。新的毛巾上没有大雄自己的味道，如果闻到了陌生的味道很可能会让大雄再次感到不安。"那就把它兄弟姐妹用的毛巾带着，回去后尽量把窗帘拉上，猫不喜欢太亮的环境。"这次没有立刻收到回复。

"那个……休息好了吗？"胡俊亮在一旁问道，这时我才回过神来。有句话说：爬山的时候越休息越累。虽然从生物学的角度上来看,这句话无疑是错的,但从心理学上看,如果享受了一段时间后,很难再继续选择吃苦了,尤其是在这种高强度的运动之后。虽然很对不起徐老师,但我现在也只能继续选择爬山,我可不想在山中度过一晚,于是将手机放到包内,继续前进。

又过了三个小时,终于来到了今晚下榻的宾馆。夸张点说,我感觉身体快要散架了,"立刻躺在床上"这一想法充斥着大脑,但总感觉有一点担心:大雄现在好了点吗?于是打开手机。这时屏幕上一条消息跃出:"嗯嗯,终于到了,它躲沙发下面去了没抖了。"直到这时,我才真正松了一口气。虽然我感觉自己只是提出了正常人都会想到的解决办法,但在他人需要帮助的时候成功帮助了别人,还是多少会让人感到心安。随后怀着这份安心感,没过多久就做了个好梦。至于第二天差点睡过头错过黄山山顶的日出,这就是后话了。

后记

爪印永存

心跳不息

从实习生到记录者的终极思考

我在初中和高中的时候，每次写作文，最让我伤神的就是开头和结尾。这些内容是改卷老师重点看的部分，换句话说，这些部分如果没写好，那么作文的分数就会大打折扣。每次写作文开头的时候，我都会尽可能把段落写得有文采一点。经过几年的训练，在各种作文高分模板和一些文学作品的影响下，久而久之，我逐渐变得擅长写开头了；而结尾写法的难点又是另一回事。对我来说，一部作品的结尾在这个作品中有着举足轻重的地位，因为结尾象征着作者对自己思想的总结以及作品内容的升华。冯骥才认为："结尾比开头重要得多。一件艺术品成功与否，很大程度在于它最后的工作是否恰当。最后一句台词，最后一笔油彩，尾声等等，最容易成功和最容易失败之处往往就在这里。"背负着如此重大使命的结尾，如果只是去套模版，对我来说这样的文章是有形而无神的。也正是因此，每次写作文的时候，结尾我都会花比其他部分更多的时间去构思。即便如此，由于才短思涩，有的时候作文的结尾事后细细想来总觉徒有其表，而有的时候甚至连"表"都没有。

给本书中描绘的每一天的故事写开头，对我来说并没有花费很大的工夫，但在给每一天的故事写结尾时，却总觉难以下笔。一开始我以为是自己太过在意结尾而不知不觉中给自己上了层层枷锁所致，但随着笔下描绘的故事一点点推进，我才逐渐意识到，之所以这些故事的结尾令我难以下笔，是因为这些日子中积累的回忆对我而言重要得无以复加，也许在潜意识里，我不希望这样的日子结束。回想起我实习结束的第二天早上，起床后我的第一反应就是前去医院。意识到从今天开始实习结束时，一股怅惘感油然而生。也许这时我的心情和那时别无二致。

天下没有不散的筵席，情感会随着时间流逝而渐渐变淡，但如果将它们记录下来，这些情感便会得以保存。为了不让这份情感减弱，我写下了这些日子里的所见所闻。如果对你有启示或感动，对我来说便是无上的荣幸。

最后，感谢一直支持着我的家人、联合动物医院的全体员工、华中农业大学的教师，以及我所见到的形形色色的人，正是与你们的交流，才丰富了我的思考，拓宽了我的思维，成就了今天的我。此外，还要感谢拿起本书的你。

或许未来的某一天,我们会在世界上的某个小小的角落里,相视一笑,一见如故。

贾宇天

2025年2月

抒卷出版
ShuJuan Press
策劃 · 設計 · 宜發 · 品牌

总策划　王思宇
产品经理　聂　晶
责任编辑　周珊伊
封面设计　王珍珍
版式设计　王珍珍
投稿邮箱　shujuanpress@qq.com